KB053539

누나
의

오
월

누나의 오월

윤정모 소설

산하

그날의 아름다운 사람들을 기억하며

해마다 5월이 되면 애절하게 보고 싶은 사람들이 있다.

광주 항쟁을 겪고 피신 와서 우리 집에 숨어 지내던 그 아름다운 사람들. 누구보다도 중학교 교사를 하다 온 박효선 씨를 생각하면 지금도 온몸에서 눈물이 돋는다. 수개월 숨어 지내는 동안 그는 자기가 가르치던 아이들을 얼마나 그리워했던가.

그의 머리가 너무 길어서 내가 잘라 준 적이 있었다. 헤어커트기로 잘랐던 것인데, 그만 실수해서 옆머리를 모두 날려 버렸다. 나는 미안해서 어쩔 줄 몰라 했으나, 그는 환하게 웃으며 "시원해서 좋네요."라는 말로 오히려 나를 위로해 주었다. 그처럼 마음 우물이 깊고 자상했던 그를 이제는 만날 수가 없다.

시장 아주머니들이 날마다 지어서 나른 밥과 음식, 공장 노동자들과 유흥업소 여성 종업원들의 헌혈, 도청 사수 마지막 날 밤의 그 처절했던 저항. 그 모든 항쟁 일지와 수집 자료들을 어느 집 마당에 묻어 두고, 1년 뒤 그것을 되찾아와 유인물을 만들던 청년들……. 그들은 지금도 모두 그 자리에서 자기 일을 하고 있다.

그러나 항쟁이 끝나고도 학교에 돌아가지 못한 박효선 씨는 〈금희의 오월〉이라는 연극을 만들어 전국을 돌며 '오월의 광주'를 알리는 데 혼신의 힘을 쏟았고. 그러다 과로로 쓰러져 우리 곁을 영영 떠나고 말았다.

이 소설의 이야기 바탕은 거의 박효선 씨한테서 온 것이다. 《누나의 오월》이라는 제목도 그이의 〈금희의 오월〉에서 따온 것이고. 주인공이 중학생인 것도 그의 학생들 이야기에서 비롯된 것이다.

1980년 5월부터 벌써 40년 세월이 흘렀다. 이제는 거의 망각 속으로 묻혀 가고 있는 그 항쟁 이야기를 다시 쓰고 또 개정판으로 펴내는 까닭은 언제나 기억을 새롭게 하자는 뜻이다. 살아생전 박효선 씨도 말해 왔다. 기억이 늘 깨어 있어야만 그 같은 불의가 다시는 접근하지 못한다고.

그때의 충격으로 아직도 정신 장애를 앓는 사람들이 있다고 한다. 이번 5월에는 그분들도 마음의 고통에서 해방되기를 간절히 빌어 본다.

박효선 선생님이 몹시 그리운 날에.

윤정모

차례

세상에서 가장 지독한 벌

규식이와 수익이가 치고받으며 싸우고 있을 때 담임 선생님이 들어왔다. 구경하던 아이들은 얼른 제자리에 앉았고, 규식이와 수익이도 씩씩거리며 자기 책상으로 돌아갔다. 반장이 싸운 분위기를 감추려고 서둘러 인사 구령을 챙겼다.

"차렷. 경례!"

하지만 이미 때는 늦었다.

"인사할 거 없다."

선생님은 반장의 인사 구령까지 중단시킨 뒤. 교탁 앞에 선 채로 눈을 감았다. 얼굴 또한 백지장처럼 하얬다.

눈을 감았다는 것은 보지 않아야 할 것을 이미 봤다는 뜻이고, 얼굴까지 창백해진 것은 그로 인해 지금 선생님의 화가 120도쯤 올라 있다는 증거였다.

'어유, 오늘은 두 시간짜리겠네.'

나는 속으로 탄식했다. 토요일 오후에 이게 무슨 꼴인가. 더욱이 오늘은 시골에서 엄마가 오는 날인데…… . 나는 싸움질을 한 아이들에게 저주라도 퍼붓고 싶었다. 선생님은 그런 문제에 절대로 눈감아 주지 않는다는 것을 잘 알면서도 분란을 일으키다니. 그래서 나의 황금 같은 토요일을 망치다니. 에이, 바보 멍청이들!

우리 담임은 아이들에게 절대로 손찌검을 하는 일이 없었다. 그럼에도 아이들은 선생님을 '호랑이 아재비'라거나 '변태'라고 불렀다. 호랑이 아재비란 체벌을 주는 선생님들보다 더 무섭다는 뜻이었고, 변태란 우리 나이에는 견딜 수도 없는 벌을 내려 놓고 그걸 즐긴다고 해서 붙인 별명이었다. 그렇다고 발가벗고 서 있게 하거나 물구나무를 서게 하는 따위의 이상야릇한 벌도 아니었다. 형식만으로 따지자면 최첨단의 고상한 벌이라고도 할 수 있었다.

새 학년이 시작된 첫날. 선생님은 말했다. 자신이 사용할 벌의 제목은 '침묵과 무동작'이라고. 그 말을 들었을 때 우리들은 희희낙락거렸다. 침묵과 무동작이라니. 듣기에도 얼마나 고상한가. 여태껏 우리가 받아 온 것은 체벌이었다. 고등학교 형들처럼 귀때기나 엉덩이가 날아가도록 얻어터진 건 아니지만 수모적인 체벌을 받아 온 건 사실이었으니. 그에 비한다면 얼마나 신사적인가.

하지만 실제로 그 벌을 받아 본 우리들은 악 소리가 날 만큼 질려 버렸다. 침묵과 무동작이라는 고상한 제목이야말로 이 세상에서 가장 지독한 벌이었던 것이다. 생각해 보라. 그 벌을 받는 동안 우리는 엉덩이도 들썩일 수가 없었다. 한 시간이고 두 시간이고 꼼짝없이 책상에 앉아 있어야 했다. 입을 열어도 안 되었고. 눈조차 감을 수가 없었다. 눈을 감으면 잠을 잘 수도 있으니 눈꺼풀을 한껏 열어 앞 아이의 뒤꼭지를 바라보라는 것이었다. 게다가 숨도 크게 쉴 수가 없었다.

그 벌은 고문과도 같았다. 더욱이 우리는 로봇이 아니었다. 움직임이 생명인. 그러니까 10분만 움직이지 않아도 엉덩이에 곰팡이가 슬거나 이끼가 끼거나 땀띠가 돋아 버리는 딱 그 나이의 소년들이었다.

그런데도 우리가 움직이지 않고 견뎌야 하는 것은, 온몸에 진땀이 나도 참아야 하는 이유는, 움직이는 만큼 벌이 연장되기 때문이었다.

언젠가 우리는 선생님에게 통사정해 보았다.

"선생님, 차라리 때려 주세요. 네?"

선생님은 그 말조차 들어주지 않았다. 오히려 시간만 20분 더 연장해 버렸다. 정말 지독한 선생님이었다.

선생님은 여태도 입을 꼭 다문 채 눈을 감고 있다. 저렇게 다문 입속에서 더 지독한 벌을 만들고 있는 게 분명했다. 나는 공염불인 줄 알면서도 마음속으로 빌었다.

'신령님이여, 도사님들이여, 부디 우리 선생님 마음을 돌려 주소서…….'

그때, 반장이 고개를 돌려 눈짓을 보냈다. 이제 곧 선생님이 눈을 뜰 것이니 그 전에 미리 알아서 기자는 신호였다. 우리는 재빨리 자세를 바로잡고 벌 받을 태세로 돌입했다. 그러면 만분의 일이라도 선생님의 마음이 누그러져서 두 시간짜리가 한 시간짜리가 될 수도 있었다.

마침내 선생님이 눈을 떴다. 우리는 숨을 죽였다. 선생님은 아이들을 차근차근 둘러보더니 규식이 앞에서 시선을 멈추었다. 규식이가 꿀꺽하고 침을 삼켰다. 얼마나 긴장을 했는지. 그 소리가 마치 좁은 목구멍으로 굵은 달걀이 넘어가는 것 같았다.

이윽고 선생님이 입을 열었다.

"규식이와 수익이. 너희들은 왜 싸웠느냐?"

두 아이는 대답하지 않았다. 자칫 잘못 말했다가는 벌받는 시간만 더 연장될 수도 있기 때문이었다. 선생님이 다시 물어보았다.

"왜 싸웠느냐고 묻지 않느냐?"

"……."

"흠. 갑자기 벙어리가 되셨다? 그럼 밤까지 벌을 받아도 입을 열지 않겠느냐?"

아이들이 일제히 고개를 저었다. 모두 입을 꾹 다문 채였다. 우리는 이미 벌 받을 태세로 돌입했고, 그래서 입을 열 수 없다는 뜻이었다.

"다시 물어보자. 규식이와 수익이는 왜 치고받고 싸웠느냐?"

"……."

"말로 해서는 도저히 안 될 만큼 그렇게 심각한 일이었더냐?"

"……."

"그래서 주먹부터 날렸더냐?"

"……."

아이들은 대답 대신 꿀꺽꿀꺽 침만 삼켰다. 이제 곧 선생님 입에서 '오늘은 두 시간'이라는 말이 터져 나올 차례였다. 내 목젖에서도 바위만큼 커진 침이 대포 소리를 내며 넘어갔다. 그러면서 나는 속으로 빌었다.

'선생님. 오늘은 제발 한 시간짜리를 주세요…….'

이쯤에서 벌을 내려야 하는데도 선생님은 왠지 말머리를 돌려 다시 물었다.

"너희들은 지금 몇 학년이냐?"

그것은 좀 뜻밖이었지만 아이들은 서둘러 대답했다.

"3학년입니다."

"초등학생이냐?"

"아닙니다. 중학생입니다."

"그런데도 여태 배운 것이 폭력뿐이더냐?"

아이들은 또다시 입을 다물었다.

"너희들이 9년 동안 학교에서 배운 것이 무엇이냐?"

"공부입니다."

"공부는 무엇을 수단으로 배우느냐?"

"글과 말입니다."

"그래. 공부는 글과 말을 통해서 배운다. 너희들은 읽는 것과 말하는 것을 이미 9년이나 배웠다. 그런데도 이렇게 배운 말을 두고 먼저 주먹질 행사였더냐?"

"……."

"아니면. 너희들 수준이 아직도 유치원생이냐? 그래서 말을 사용하는 방법을 몰라 주먹부터 휘둘렀더냐?"

우리는 모두 고개를 숙였다.

"오늘. 선생님은 깨달았다. 너희들이 말보다 주먹을 즐기는 까닭엔 어른들의 책임도 있다는 것을."

아이들은 일제히 선생님을 쳐다보았다. 선생님이 그런 식으로 이야기를 할 때는 얼른 주목을 해야만 벌이 줄어들기도 했지만. 그 책임을 어른에게 돌린 일 또한 처음이기 때문이었다.

"우리나라에는 배운 사람들이 많다. 그런데 그 배운

사람들이 더 무서운 폭력을 행사하는 경우도 있다. 그 원인은 어디에 있는가?"

어른들의 폭력? 그런 소리는 들어 본 적도 없는데 우리가 그 원인을 어떻게 알 것인가.

"너희들처럼 배운 언어를 제대로 사용할 줄 모르기 때문일 것이다!"

결국 그 탓은 우리한테로 돌아왔다. 나는 짜증이 나서 그런 잔소리보다는 어서 벌 시간이나 정해 주는 게 낫겠다고 생각했다.

"그래서 선생님은 지금 막 결심을 했다."

선생님도 결심 같은 걸 하는가? 그런데 어떤 결심? 아이들이 궁금해서 서로 멀뚱하게 쳐다보고 있는데, 선생님이 그 얼굴들을 향해 떡이라도 던져 주듯이 말했다.

"침묵 대신 토론이다!"

아이들은 얼른 그 말을 알아들을 수 없었다. 침묵은 겪어 봐서 알고 있지만, '토론'이란 말은 생소하기 때문이었다. 선생님은 설명을 덧붙였다.

"토론은 말을 잘 사용할 수 있는 연습이라고 생각하면 된다. 그러나 반드시 주제가 있어야 한다."

15

주제? 무슨 주제? 내 짝이 나를 돌아보며 그런 뜻으로 묻고 있었다. 대답은 선생님이 했다.

"첫 번째 주제는 '어른'이다."

"어른이요?"

"그렇다. 이 주제로는 당장 토론을 할 수 없으니, 다음 토요일까지 시간을 주겠다. 그때까지 각자 자기가 발표하고 싶은 내용을 정리해 오도록!"

아이들은 다시 긴장했다. 토론은 다음 일이고, 그래도 오늘은 벌을 받아야 한다는 말이 나올 차례였다. 그러나 선생님은 우리의 걱정을 보기 좋게 날려 버렸다.

"오늘은 종례도 없다. 이만 끝!"

"와아!"

아이들은 모두 자리를 박차고 일어나며 함성을 질렀다. 세상에서 가장 끔찍한 벌이나 주는 선생님이 이렇게 근사한 말도 할 줄 알다니. 정말이지 오늘 우리 선생님은 최고의 멋쟁이였다.

꿈속에서 만나요

하숙집에 돌아와 보니, 엄마는 벌써 수돗가에 쭈그리고 앉아 내 운동화를 빨고 있었다. 체육복과 양말들도 빨랫줄에 널려 있는 걸 보면, 도착한 지 한참 되는 모양이었다. 엄마는 손의 물기를 털어 내고 벌떡 일어나며 이제오냐고 반갑게 맞았다. 그러나 나는 건성으로 대답하고급히 내 방으로 향했다. 혹시 엄마가 내 책상을 뒤져 봤을지도 모른다는 생각이 퍼뜩 스쳐 갔기 때문이었다.

나는 방문을 열고 먼저 책상 서랍부터 살폈다. 맹꽁이자물쇠가 그대로 걸려 있었다. 나는 휴, 안도의 한숨을쉬었다. 서랍 안에는 특급 비밀이 들어 있었는데, 그건 설령 엄마라해도 절대로 봐서는 안 될 일기장이었다.

사실 나는 일기 쓰는 일을 좋아하지 않았다. 초등학교 때까지만 해도 세상에서 가장 귀찮은 일이라 여겼기 때문에 일기 숙제를 제대로 해 간 적이 없었다. 그런데 어느 날 느닷없이 내 가슴에서 뭔가가 넘쳐 났고, 그 넘쳐 나는 것들이 나에게 재촉했다.

'이것은 소중한 것들이다. 어서 일기장에 옮겨라.'

이 감정들을 옮겨 놓고 보니, 그건 바로 사랑이었다.

고백하자면, 나는 지금 음악 선생님을 사모하고 있다. 물론 짝사랑이지만 내 사랑이 얼마나 깊고 강한지 신만은 알고 계신다. 그래서 이웃집 숙이가, 그 예쁘장한 여자애가 쪽지를 건넸지만 나는 그것을 읽지도 않고 버렸다. 사모하는 사람이 있는데 다른 여학생을 넘본다는 것은 배신행위이기 때문이다. 정말이지, 나는 평생을 두고 선생님만 사랑하는 그런 사나이가 될 것이다. 이미 혼자서 맹세도 해 둔 터였다.

내가 사랑하는 우리 음악 선생님은 새 학기 때 오신 분이다. 서울에서 대학을 나왔다는 선생님은 폭이 넓은 치마와 꽃무늬 블라우스를 즐겨 입으셨다. 나는 그 선생님을 맞은 첫 시간부터 가슴이 뛰었고, 그것은 곧 사랑이 시작된다는 신호였다. 어느 연속극에서도 말했다. 멀쩡하던 가슴이 별안간 뛴다는 것은 사랑이 도착했다는 신호라고. 그리고 사랑에는 '보호'와 그 사랑을 지켜야 할 '책임감'이 따른다고도 했는데, 내가 내 사랑을 위해 맨 먼저 한 것은 보호였다.

어느 날, 아이들끼리 수군거렸다.

"음악 선생은 어째서 만날 빙빙 돌리면 우산이 되는 그런 치마만 입는다냐?"

"나도 고것이 궁금하더라고."

"고것만 궁금하냐? 난 솔직히 그 안에 어떤 빤스를 입고 계시는지가 더 궁금하더라."

"빤스? 참말 어떤 빤스를 입고 있을까나? 우리처럼 오줌 구멍이 있는 그런 빤스는 분명 아닐 것이고……. 야, 고것을 한번 훔쳐볼 방도는 없을까?"

"있제."

"어떻게?"

"우리 교실로 올 때 계단을 올라오잖여? 그때 계단 바닥에 거울을 두는 거제."

"와, 기발하다. 글믄 참말 볼 수 있겄다. 야."

"근께 다음 음악 시간에 우리 중 누군가가 손거울을 가져와야 하는디. 누가 책임질 것이다냐?"

짱구는 자기가 가져오겠다고 나섰지만. 나는 그 말을 믿지 않았다. 소년들이란 보통 그런 공작을 쉽게 세워 보지만 곧 잊어버리거나 포기하기 때문이다.

다음 날. 음악 수업이 시작되기 바로 전의 쉬는 시간이었다. 주모자 녀석이 짱구에게 물었다.

"짱구. 너 거울 가져왔냐?"

짱구가 바지 주머니에서 거울을 꺼내 보이자. 주모자 녀석이 나가자는 시늉으로 고개를 획 꺾었다. 아이들은 우르르 몰려 나갔다. 그건 도저히 방관할 수 없는 일이어서 나도 그들 뒤를 따라 나갔다. 다행히 아이들은 나를 동조자로 알고 있었다.

드디어 수업 종이 울렸다. 망을 보던 아이가 계단 아래에서 음악 선생님이 온다는 것을 알리자. 짱구가 주머니에서 거울을 꺼내 슬며시 계단 바닥에 놓았다. 다른 아이들은 저마다 잘 볼 수 있는 위치를 찾아 계단 난간에 붙어 섰다.

마침내 선생님이 올라오셨다. 내 사랑이 그렇게 올라오고 계셨다. 피아노를 치는 예쁜 손가락으로 살짝 머리카락을 쓸어올리며, 아무 의심 없이 사뿐사뿐 올라오셨다. 나비처럼, 천사처럼 나를 보고 살짝 웃기까지 하셨다. 내 가슴이 두방망이질을 했다. 선생님이 웃어 줘서가 아니라 나의 선생님이, 그 고결한 분께서 위험천만하게도 거울이 있는 쪽으로 점점 접근해 오기 때문이었다.

한 발 두 발……. 아, 이제 겨우 세 계단이 남았다. 아이들의 시선이 일제히 거울로 달려갔다. 나의 천사에게 무슨 당치도 않은 봉변이란 말인가. 이건 절대로 안 될 일이다. 나는 내 사랑을 보호해야 할 책임이 있다!

나는 독수리처럼 뛰어내려 그 거울을 집어 들었다. 일촉즉발의 순간이었다. 나는 거울을 숨긴 채 교실로 줄행랑을 쳐 버렸다. 선생님은 물론 그것이 거울인지 알지 못하셨고, 나는 음악 시간 내내 시침을 떼고 앉아 있었다.

수업이 끝나고 선생님이 교실 문 밖으로 나가자마자, 아이들은 나에게 집중 공격을 해 댔다.

"배신자! 이 배신자!"

그 덕분에 조금 얻어맞기도 했으나 상관없었다. 그날

밤 꿈에 나는 선생님을 만났으니까. 만난 것만이 아니었다. 그 포근한 가슴에 안겨 보기까지 했다. 아. 기분이 얼마나 황홀하던지…….

그 뒤로 나는 날마다 선생님 꿈을 꾸었다. 그럴 때마다 나는 선생님에게 안겨 그 곱디고운 얼굴을 비벼 보기까지 했다. 선생님은 손을 잡아도. 얼굴을 만져도 나무라지 않고 가만히 웃기만 하셨다.

엄마가 문을 열고 들어왔다. 빨래가 끝난 모양이었다.

"미숫가루도 빻아 왔다. 시방 한 그릇 타서 올꺼나?"

"싫어."

나는 퉁명스레 대답했다. 별안간 엄마가 들어와 놀랐기 때문이다. 나는 얼른 책상 서랍을 보며 마음속으로 무전을 보냈다.

'선생님. 오늘 밤 꿈속에서 뵈어요.'

엄마가 다시 물었다.

"그럼 점심 먹을래?"

"그려."

"동이 엄마 나갔다. 너 오면 밥 좀 차려 주라 했은께 안채로 가더라고."

그리고 엄마는 한쪽 구석에 밀어 둔 보퉁이를 집어 들었다. 거기엔 하숙집에 주려고 짜 온 들기름과 참기름 병이 들어 있었다. 엄마는 하숙비 대신 달마다 쌀 두 말과 양념거리 일체를 가져다주었다. 김장철엔 아버지가 김장거리를 실어 오기도 했고, 고추장과 된장도 엄마가 와서 담가 주었다. 그것이 공정한 거래인지는 알 수 없지만, 내 부모님은 그렇게 최선을 다했다.

내가 광주로 나온 것은 초등학교 4학년 때였다. 처음에는 누나와 자취를 했으나 함께 산 건 몇 달 되지 않고, 혼자만 이곳으로 옮겨 오게 되었다.

지금의 하숙집 주인은 아버지의 외오촌 당숙이다. 만약 당숙 내외를 만나지 못했다면 나는 광주에서 계속 살 수 없었을 것이다. 그들은 나를 자식처럼 흔쾌히 받아 주었고, 방까지 따로 만들어 주었다. 비록 담벼락에 붙여 낸 코딱지만 한 방이지만, 나에겐 궁전과도 같다. 나만의 아지트였던 시골의 담배막에 비하면 형편없이 작지만 지금은 딱지나 팽이, 썰매 따위를 보관할 필요가 없으니 이만해도 궁전이 아닌가.

"라면 삶았다. 어서 안채로 오니라."

안채에서 엄마가 부르는 소리가 들려왔다. 그새 라면 이 다 삶아진 모양이었다. 나는 얼른 교복을 벗고 옷을 갈아입은 다음 안채 마루로 갔다. 벌써 상이 차려져 있었 다. 계란과 파를 넣고 삶은 라면이었다.

맛이 기가 막혔다. 라면에 관한 한 우리 엄마가 세상 에서 최고다. 고추장까지 조금 풀어 넣은 라면은 내 입맛 에 그만이었다. 내가 국물까지 비우자, 엄마가 물었다.

"그렇게 맛나냐?"

그럼, 엄마 손맛인데. 이런 대답을 해야 했을 텐데, 내 입에선 딴소리가 튀어나왔다.

"다음에 올 땐 짜장면 사 줘."

"그려. 한가할 때 올라오면 그러더라고."

엄마는 밥상을 들고 일어났다.

"설거지 끝나면 어서 시장에 가자."

"시장엔 왜?"

"운동화 사야 한다며?"

"응."

나는 마당으로 나와 신발을 살펴보았다. 벌써 엄지발

가락 쪽에 구멍이 나 있었다. 오늘 운동화를 사긴 사야겠는데. 엄마랑 시장에 가면 창피하지 않을까?

전에는 한 번도 들지 않았던 그런 생각까지 불쑥 치밀었다.

"어서 가자. 니 운동화만 사면 엄마는 곧장 가야 헌께."

엄마가 부엌에서 손을 닦고 나오며 말했다.

엄마와 함께 운동화를 사서 나오는데. 저만치 앞에서 숙이가 오고 있었다. 자기 엄마와 함께였다. 그 애 엄마는 오늘도 긴 파마머리에 넓은 머리띠를 맨 것이 아주 멋진 차림이었다. 나는 얼른 우리 엄마를 살펴보았다. 월남치마에 후줄그레한 셔츠가 눈에 거슬렸다.

나는 그만 등을 돌려 도로 시장 안으로 들어가고 말았다. 엄마의 모습을 그 애한테 들키고 싶지 않았다. 마침 초입에 옷 가게가 있어서 진열대 뒤로 들어가 몸을 숨겼다.

숙이가 자기 엄마와 나란히 진열대 앞으로 지나갔다. 나는 그 애 엄마가 신은 뾰족구두를 훔쳐보며 우리 엄마가 신은 고무신을 떠올렸다. 들키지 않은 것이 천만다행으로 여겨졌다. 그들이 저만치 멀어지자. 나는 슬며시 몸을 일으켜 시장 밖으로 나갔다.

엄마는 시장 입구에서 사방을 두리번거리며 나를 찾고 있었다. 내가 가까이 가자 엄마는 그제야 안심한 얼굴로 물었다.

"어딜 갔다 온다냐?"

"화장실에."

나는 그렇게 둘러댔다.

"말을 하고 가야지."

엄마가 나무라면서 버스 정류장으로 향했다. 나는 뒤를 따르면서도 속으로 투덜거렸다.

'왜 우리 엄마는 언제나 저렇게 낡고 바랜 옷들만 입고 온다냐. 여긴 도시인데 왜 드러내 놓고 촌 여자 행세를 하는지 몰라. 뭣보다도 왜 저렇게 늙었단가. 다른 아이들 엄마는 다 젊은데…… 엄마는 생전 분을 바르지 않아 피부도 까맣기만 하고. 다음에도 저러고 올 거면 차라리 오지 않는게 훨씬 낫겠단께…….'

"엄마는 곧장 터미날로 갈란다. 니도 그만 집에 들어가 공부혀라."

버스 정류장에 나와서 엄마가 말했다. 그때, 내 마음이 두 갈래로 나뉘어졌다. 엄마를 시외버스 터미널까지 데려다 줘야 한다는 생각과, 여기서 그만 엄마와 헤어지고 싶다는 생각이었다. 신발로 땅바닥을 긁적이다가 마침내 결정을 내렸다.

"그려, 나도 숙제할 게 많은께 엄마 혼자 가."

그런데 엄마는 버스가 와도 오르지 않고 누군가를 바라보고 있었다. 아기를 업은 젊은 여자였다. 아는 사람도 아닌데 그저 하염없이 바라만 보았다. 내가 얼른 엄마의 팔을 흔들었다.

"뻐스 왔잖여."

"응. 그려?"

엄마는 허둥지둥 버스에 올랐다. 전 같으면 어서 가라고 손짓이라도 할 텐데, 엄마는 버스에 오르고도 나를 쳐다보지 않았다. 그저 고개만 숙이고 있는 것이 어딘가 슬퍼 보였다. 별안간 가슴속에서 울컥했다. 버스가 멀어질수록 그 울컥거림은 더욱 커졌다. 무엇 때문에 그런지 알 수 없었으나, 이런 감정도 슬픔인 것 같았다.

나는 하숙집까지 걸어왔다. 마음속에 엉켜 있는 여러

가지 감정들을 하나하나 풀어 봐야 할 것 같았다. 엄마가 왜 슬퍼 보였는지. 나까지도 왜 그런 기분이 느껴졌는지 원인을 찾아야 했다.

그러다가 다시 떠오른 것이 선생님이 내 준 토론의 주제였다. '어른'이라는 주제 말이다. 엄마가 슬퍼 보인다는 것도 어른 이야기가 되는 걸까?

벌써 저만치에 하숙집 대문이 보였다.

어른들은 치사하다

어느새 토요일이 돌아왔다. 넷째 시간은 과학인데, 국
어 담당인 담임이 들어왔다. 긴 시간의 토론을 위해 과학
선생님과 시간을 바꿨다고 했다. 담임 선생님은 교과서
와 출석부를 교탁에 놓고 아이들을 찬찬히 살펴보았다.

"모두 주제를 생각해 왔겠지?"

"예······."

학생들의 대답은 힘차지 않았다. 그럼에도 선생님은
확신에 차서 말했다.

"보아하니 모두가 서로 발표하고 싶다는 얼굴인데?"

몇몇 아이들은 슬며시 고개를 숙였다. 자신이 없었기

때문이다. 나 역시 고개를 숙이고 있는데. 선생님이 순서를 정해 주었다.

"좋다. 순서를 이렇게 정한다. 먼저 각자가 생각해 온 이야기를 돌아가면서 발표한 다음. 그 이야기를 가지고 토론을 한다. 먼저 수익이부터 발표해라. 지난번에 주먹질하며 싸운 벌이다."

수익이가 엉거주춤 일어나면서 대답했다.

"선생님. 우리 집엔 어른이 아부지뿐인디요?"

"무슨 말이냐?"

"어른에 대해 관찰할 사람이 아부지뿐이라는 말이지라."

"그래? 하지만 어머님도 계시지 않느냐?"

"어머니도 늘 집안의 어른은 아부지뿐이라 했는디요."

우리는 모두 수익이가 말하는 뜻을 잘 알고 있었다. 그러니까 수익이네는 할아버지나 할머니가 안 계시고. 그럴 때 집안의 어른은 당연히 아버지가 되는 것이었다. 그러나 선생님은 약간 실망하는 눈치였다.

"부모님이 다 계신데 어른이 아버지뿐이라는 것은 선생님으로선 좀 납득할 수 없다만. 어쨌든 좋다. 어서 시작해 보아라."

비로소 수익이는 똑바로 서서 흠흠 하고 목소리까지
가다듬은 다음, 이야기를 시작했다.

"우리 집 어른, 아니 아부지는 때때로 참 치사하세요."

여러 아이들이 눈을 동그랗게 떴고, 또 몇몇 아이는 키
득거리기도 했다. 수익이가 말을 멈추자, 선생님이 재촉
했다.

"계속해 봐."

"우리 아부지는 자주 술을 드세요. 어머니랑 가끔 싸
우기도 하시고요. 내가 뭣 좀 사 달라고 하면 단번에 들
어주시는 법이 없어요. 운동화를 살 때도 꼭꼭 싸구려만
사 주신다니깐요."

아이들이 웃으며 고개를 끄덕였다. 자기들 아버지도
그렇기 때문이었다. 수익이는 더욱 용기를 얻어 힘찬 목
소리로 뒤를 이었다.

"저는 물론 간섭을 했어요. 왜냐하면 전 장남인께요."

"간섭을 해? 어떻게?"

선생님이 끼어들었다.

"술을 많이 드실 땐 술 좀 그만 드시라고 했지요. 저는

정말 아부지가 걱정되어서 그렇게 말하는데도 아부지는
치사하게…….”

“……?”

“치사하게도 저더러 나중에 어른 되면. 술 안 마시는
그런 사람이 되라고 하시는 거예요. 용돈 좀 넉넉히 달
라고 해도, 어른이 되어 돈 많이 벌면 그때는 맘대로 쓰
라고 하시고요. 정말 치사 빤……. 아니 요지경이라니까
요.”

아이들이 와르르 웃었다. 수익이는 아이들이 자주 쓰
는 ‘치사 빤스 똥 빤스’라는 말을 하려다가. 얼른 ‘요지경’
이라고 고친 것이었다.

다음은 규식이었다. 규식이는 어른 이야기를 하라는데
도 자기 형 이야기부터 꺼냈다.

“우리 형은 뭐든 다 자기만 가집니다. 욕심으로 말할
것 같으면 항우장사보다 더해요. 형은 또 폭력의 왕자예
요. 형의 야구공을 가지고 놀면 그날은 나. 규식이가 죽
는 날이고요…….”

규식이는 계속해서 형이 늘 그렇게 자기를 때리지만.
부모님은 아예 관심조차 보이지 않는다고 했다. 부모님

께 이르면 오히려 형의 말을 안 들어서 그런다고 야단만 친다는 것이다. 그래서 자기는 어른도 형과 한 통속이라고 생각한다고 마무리를 지었다.

다른 아이들 이야기도 비슷했다. 그러나 나는 그런 이야기라도 하는 아이들이 부러웠다. 나에게는 흉을 보거나 평가할 만한 어른이 없었다. 지난 토요일에 왔던 엄마 이야기를 하려고 했으나. 수익이가 일찌감치 엄마는 집 안의 어른이 아닌 것으로 분류해 버렸다. 물론 지금 사는 집에 당숙이 계시기는 하지만. 일요일에도 일을 나가기 때문에 얼굴조차 보기가 힘들었다. 그런데도 선생님은 나를 지목했다.

"이기열, 너는 이야기를 안 할 참이냐?"

"예. 전 어른과 살지 않아서요……."

"그래……. 지금까지 너희들은 모두 집안 어른들에 대해서만 이야기를 했다. 그럼 집 밖의 어른이나 사회에서 본 어른에 대해 이야기할 사람은 없느냐?"

아무도 답하는 아이가 없었다. 그러자 선생님이 다시 토를 달았다.

"훌륭한 어른에 대해서도 좋고. 나쁜 어른을 예로 들어도 좋다."

이번에도 나서는 아이가 없었다. 사실 우리가 잘 아는 어른이란 부모님과 학교에서 만나는 선생님들이 거의 전부였기 때문이다.

"그럼 좋다. 오늘은 시간도 많이 흘렀으니 선생님이 먼저 두 가지만 예로 들어 너희들에게 묻겠다. 수익이가 얘기한 '치사한 어른'과 규식이가 말한 '폭력적인 형을 두둔하는 한통속인 어른' 가운데 어느 쪽이 더 나쁘다고 생각하느냐?"

그 질문은 좀 뜻밖이었다. 그런 어른을 흉볼 수는 있지만 좋다. 나쁘다로 규정해서 생각해 본 적은 없었다. 더욱이 가족이었다. 그런데도 선생님은 계속해서 무리한 요구를 하고 있었다.

"그럼 손을 들어 봐라. 먼저 치사한 어른이 좀 더 나쁘다고 생각하는 사람?"

거의 모든 아이들이 손을 들었다. 선생님이 그 이유를 묻자. 아이들은 치사한 아버지보다는 그래도 형 같은 사람이 더 남자답기 때문이라고 대답했다.

"남자답다? 폭력적이어도 남자다운 게 낫다……."

선생님 얼굴이 다시 하얗게 굳어졌다. 우리는 그만 모두 입을 다물어 버렸다. 겨우 벌을 바꿨는데, 우리들 대답이 신통찮아 다시 물리자고 할지도 몰랐다. 그때 반장이 나섰다. 역시 머리가 잘 돌아가는 아이였다.

"선생님, 우린 아직 뭐가 뭔지 모르겠거든요. 그러니까 선생님께서 말씀해 주세요."

선생님이 표정을 풀고 말했다.

"그래, 그럼 다른 질문을 하겠다. 다음 주 토요일이 며칠이지?"

"5월 4일이요!"

모두 크게 대답했다.

"그래. 오월은 무슨 달이지?"

누군가가 가정의 달이라고 대답했다. 그리고 다른 아이들이 어린이날이나 어버이날을 들먹였다. 그러자 선생님이 말했다.

"그렇기도 하지. 하지만 다른 의미를 가지고도 있다. 다음 토요일 오후에 우리는 그 답을 찾으러 간다. 야외 수업이다. 모두 도시락을 지참하도록."

이미 달력에 있는 달을 또 어디서 찾겠다는 것인가?

반장이 물어보았다.

"어디로 가는데요?"

하지만 선생님은 장소를 밝혀 주는 대신, 버스를 타고 가야 하니 차비도 준비하라고만 일렀다.

"차비를 가져올 수 없는 아이들은요?"

"빠져도 좋다."

선생님의 대답은 그처럼 간단했고, 아이들은 안심을 했다. 그리고 아이들은 교문을 나서기가 바쁘게, 차비 없다는 핑계로 안 가겠다는 쪽으로 의기를 투합했다. 벌써 나이가 이팔청춘에 가까운데 유치원생처럼 야외 수업이 뭐냐는 것이 이유였다. 그러자 누군가 나섰다.

"야, 그게 함정일지 누가 알겠냐?"

"함정?"

"차비가 없다는 핑계를 둘러대면 말이여. 그럼 자기들이 다녀올 때까지 교실에서 기다리라고 할지도 모르잖여?"

그 말에 아이들은 다시 시무룩해졌다. 사실 그러고도 남을 선생님이었다. 종잡을 수 없는 선생님이니 언제 어떤 카드를 던질지 모를 일이었다.

"에이, 가는 것이 훨 낫겠다."

한 아이가 말하자 모두 고개를 끄떡였다.

바람 속의 얼굴들

우리들의 야외 학습 장소는 뜻밖에도 망월동 5·18묘
역이었다. 버스에서 내려 묘역까지 걸어가는 동안에도
아이들은 눈치를 채지 못했다. 전날 이미 오월임을 환기
시켜 주었음에도 우리는 아무도 그에 대한 상상을 하지
못했고, 선생님도 더 이상은 어떤 언질도 주지 않았다.

그런 까닭에 우리는 묘역으로 들어서자마자 얼굴부터
굳어졌다. 엄숙한 장소에 와서가 아니었다. 하필이면 야
외 학습장이 공동묘지냐는 것이었다. 더욱이 그 묘역에
는 무덤만 있는 것이 아니라 사진까지 놓여 있었다.

물론 광주에 사는 아이들이라면 망월동에 대해서 거의

알고 있었다. 어떤 연유로 그런 묘역이 생겼는지도 대충은 들어 왔다. 하지만 실제로 와 본 것은 처음인 아이들이 대부분이었고, 나 역시 그랬다.

"사진들을 자세히 보아라. 그리고 그 사진들과 이야기를 해라."

우리는 왠지 기분이 으스스해서 빨리빨리 지나가고 싶은데, 선생님은 사진과 이야기까지 하라고 했다. 한 아이가 선생님께 물었다. 멀리서 전학 온 아이였다.

"그런데 선생님. 어째서 무덤 앞에 사진이 있습니까? 요즘은 무덤도 이렇게 만드나요?"

"그건 곧 알게 된다. 그러니 우선 사진들을 잘 봐 두어라."

그때부터 우리는 걸음을 늦추고 천천히 무덤 앞을 지나갔다. 나는 한 누나의 사진 앞에서 발을 멈추었다. 순간, 숨어 있던 어떤 얼굴이 휙 하고 고개를 쳐드는 듯했다. 내 뒤의 아이가 말했다.

"나는 사진들과 이야기하는 재주가 없는디, 어쩐다냐?"

"나도 그래."

나는 얼른 대답하며 그 앞을 지나쳐 갔다. 그 누나의 사진이 계속해서 다리를 잡아당겼지만, 나는 뒤도 돌아보지 않고 그 묘역을 빠져나와 버렸다.

"모두 이리 모여!"

묘역 초입 한적한 곳에서 반장이 아이들을 불렀다. 벌써 여러 아이들이 모여 있었고 선생님도 그 뒤에 서 있었다. 모두 침울해 보이는 것이 나처럼 '사진과의 대화'에 실패한 것 같았다. 내가 천천히 걸어가 일행에 합류하자 반장이 인원 점검을 시작했고, 뒤이어 선생님이 물었다.

"자, 그럼 모두 함께 대답해라. 이 묘역의 이름이 무엇이냐?"

"5·18민주묘역입니다."

그렇게 대답한 아이는 부반장 혼자였다. 선생님이 다시 물었다.

"그래. 수많은 민주 영령들이 잠들어 계신 5·18민주묘역이다. 너희들은 여기서 무엇을 발견했느냐?"

"무덤과 사진이요!"

이번에는 모든 아이들이 자신 있게 대답했다. 그러자 선생님 얼굴이 삽시에 일그러졌다. 아이들은 모두 숨을

죽이는데. 이번에도 부반장이 젖은 목소리로 고개까지
숙이고 대답했다.

"슬픔입니다."

선생님이 놀란 얼굴로 부반장을 바라보았다. 우리도
그를 주시했으나. 부반장은 한참 동안 고개를 들지 않았
다. 마침내 선생님이 우리를 향해 입을 열었다.

"이 묘역에 연고자가 있는 사람. 손들어 봐라."

두 아이가 손을 들었다. 한 아이는 부반장이었고. 다른
아이는 늘 말이 없고 구석으로만 도는 석호였다. 부반장
은 역시나 싶었지만 석호는 좀 뜻밖인데. 선생님이 석호
를 지목했다.

"석호야. 여기에 계신 분이 누구시냐?"

"우리 아부지요. 쩌기 있는디요."

석호는 고개를 숙인 채 손만 들어 묘역 한쪽을 가리켰
다. 선생님이 석호 곁으로 다가가더니 손을 잡고 나직이
말했다.

"미안하다. 선생님이 미련해서 그것도 몰랐구나. 그래.
아버지는 어떻게 돌아가셨니? 시민군이셨니?"

"아니여요. 울 아부진 트럭 운전수였어요. 근디 옥상

에서 기관총이······."

"그래, 그래······."

선생님은 석호의 머리를 가만히 끌어안고 하늘을 바라보았다. 전혀 예상하지 못한 일이어서 우리는 서로를 쳐다보다가 부반장을 따라 고개를 떨구었다. 마침내 선생님이 석호를 놓아주고 우리들을 돌아보았다.

"모름지기 광주 전역의 모든 학교에 석호 같은 연고자들이 있을 것이다. 하지만 그 내용을 모르는 학생들도 많을 것이다. 부반장, 네가 나와서 여기 이 묘역이 왜 생겼는지 아는 대로 이야기하는 게 좋겠다. 할 수 있겠니?"

부반장은 고개를 끄덕인 뒤 천천히 앞으로 나갔다. 눈시울이 붉어 보였다. 고개를 숙이고 있을 때 울었던 모양이었다. 그럼에도 목소리는 평소와 똑같았다.

"이 묘역이 생긴 것은 5년 전 오월이었습니다. 그때 저는 초등학교 4학년이었는데 총소리 때문에 밖에 나가지 못했습니다. 하지만 우리 사촌 형은 대학생이었고, 데모를 하다가 군인들에게 쫓겼다고 합니다. 형은 우리 집까지 뛰어와서 숨었는데······ 숨었는데. 군인들이 뒤따라와 잡아갔습니다. 그리고 얼마 뒤에 낯선 거리에서 시신으

로 발견되었습니다. 광주에 있었던 사람은 아마도 다 알
겁니다. 여기 계신 민주 영령들은 모두 그 오월에 돌아가
신 분들입니다."

　그리고 부반장은 고개를 떨구었다. 무슨 이야긴가 더
하고 싶은데 말문이 막히는 모양이었다. 선생님이 그 아
이의 머리를 쓰다듬어 주며 제자리로 들여보낸 뒤 입을
열었다.

　"이제 여러분도 오늘 내가 여기에 오자고 한 이유를
짐작했을 것이다. 그렇다. 지금은 오월이고, 광주 사람들
에게 오월은 슬픔이다. 그럼 왜 이렇게 슬픈 일이 일어났
는가? 여기 누워 계신 시민과 학생 들은 그 당시 군 당국
에 대화를 요구했다. 그러나 계엄군들은 총을 쏘았다. 그
계엄군들도 어른이었다. 그러나 그 어른들은 대화하는
방법을 배우지 못해 그런 잘못을 했으며……."

　빗방울이 후두둑 떨어지기 시작했지만, 선생님은 계속
해서 말했다.

　"우리가 폭력을 사용하지 않아야 하는 이유는, 여기 이
분들이 바로 그런 폭력에 희생당하셨기 때문이다. 너희
들이 폭력 대신 대화하는 습관을 기르고 무엇이나 먼저

토론을 한다면……."

그때, 천둥 번개가 쳤다. 하지만 선생님은 말을 멈추지 않았다.

"민주주의를 우선하는 그런 사람이 된다면. 그런 사회를 만든다면. 이 묘역은 더 이상 슬픔이 아니다. 그렇다. 광주의 오월. 이 오월이 슬픔으로 남느냐. 아니면 명예의 훈장이 되느냐는 바로 여러분에게 달렸다. 선생님은 믿고 있다. 10년. 20년 뒤 여러분이 성인이 되었을 즈음이면 이 묘역은 반드시 영광의 성지가 되리라는 것을……."

선생님은 이렇게 마무리를 지은 다음에야 해산 허락을 내렸다.

우리는 모두 버스 정류장을 향해 뛰기 시작했다. 선생님이 해 준 심각한 이야기는 귀에 담아 둘 여유도 없었다. 빗가락이 점점 더 굵어져 어서 피해야만 했고, 버스에 올랐을 때는 벌써 반쯤 젖어 있었다.

나는 창가에 앉아 이마를 차창에 기댔다. 까닭 없이 머리가 뜨겁고 가슴마저 울렁거렸다. 석호의 말도 떠올랐고. 부반장의 말도 벌처럼 귓가에 윙윙 맴돌았다.

'그때 저는 초등학교 4학년이었는데 총소리 때문에 밖

에 나가지 못했습니다.'

나는 그 소리를 지우려고 연신 침을 삼켰으나 얼른 사라지지 않았다. 거친 빗줄기가 사정없이 차창 유리를 휘갈겼다. 옆자리의 아이가 걱정스레 말했다.

"비가 요로코롬 오는디. 그 사진들이 젖지 않을까?"

문득 아까 묘역에서 보았던 그 누나의 사진이 떠올랐다. 그 누나는 무덤 앞에서도 웃고 있었다. 비가 이렇게 온다면 정말 그 사진이 젖지 않을까. 젖게 되면, 그 웃는 얼굴이 우는 것처럼 보이지 않을까……. 나는 슬며시 고개를 들어 석호를 찾아보았다. 그 아이는 뒷자리에 서서 하염없이 벌판을 바라보고 있었다.

밤이 되었다. 멈추었던 천둥 번개가 다시 치기 시작했다. 빗발도 더욱 굵어져 하숙방 작은 유리창을 여지없이 후려쳤다. 번개가 뒤질세라 내 방 안까지 뛰어들었고, 그러고 나면 천둥이 합세해서 쿵쾅쿵쾅 세상을 흔들어 댔다.

나는 몹시 두려웠다. 어릴 때 번개에 맞아 죽은 이웃집 황소가 생각났고, 그 황소가 유령이 되어 나를 잡으러 올 것 같았으며, 낮에 묘역에서 본 사진들도 모두 귀신이 되어 나에게 달려들 것만 같았다.

갑자기 전기가 나가 버렸다. 사방이 캄캄해졌다. 그러자 번개는 더욱 기승을 부려 불 갈퀴 같은 긴 팔을 내 방바닥까지 쓱쓱 들이밀었다. 나는 그것을 피하려고 얼른 이불 속에 머리를 묻었다.

비가 좍좍 내리다가 멈추고 또다시 좍좍 내리곤 했지만. 천둥 번개는 쉬지도 않고 쿵쾅거리고 희번덕댔다. 나는 아무 생각도 할 수가 없었다. 낮에 있었던 일도. 머리가 뜨겁고 가슴이 울렁거렸던 일도 떠오르지 않았다. 오직 한 가지. 이 번개의 공포에서 달아나고 싶었다. 그래서 눈을 감고 주문을 외듯 잠을 불렀다.

'잠아. 잠아. 어서 와서 날 좀 숨겨다오……'

그러나 잠조차 얼른 오지 않았다. 오지 말라고 할 땐 잘도 찾아오던 잠이 어디로 갔는지 영 대답이 없었다. 나는 베개를 머리 위에 올리고 그 위에 또 이불을 덮었다. 천둥소리가 조금씩 멀어져 갔다.

언제 잠이 들었는지 알 수가 없었다. 꿈을 꾸기 시작

하면서 비로소 안심을 했다. 이제야 간신히 공포를 벗어나 행복의 문턱으로 들어선 것이었다. 하지만 그 꿈길에 나를 마중 나온 사람은 어여쁜 음악 선생님이 아니었다. 지겹게도 또 담임이었다. 낮에 질리도록 보았는데 꿈에서까지 다시 만났고 그 모습조차 생시와 똑같았다. 보통 음악 선생님은 날개 같은 치마에 꽃무늬 블라우스를 입고 나타나는데, 우리 담임은 비쩍 마른 몸에 헐렁한 바지와 점퍼 차림이었다. 광대뼈 위로 흘러내린 앞 머리카락까지 그대로였는데, 그것이 꿈속에서는 더 괴상해 보였다.

뭔가가 달랐다. 우선 선생님이 있는 곳이 학교나 교탁이 아닌, 아주 생소하고도 이상한 장소였다. 그랬다. 다친 사람들이 누워 있는 거리였다. 그런데 선생님이 다친 사람을 수레에 싣고는 나를 향해 달려왔고, 나는 너무 무서워 도망을 쳤다. 선생님은 계속해서 나를 따라오며 소리쳤다.

"이기열! 네 누나야, 네 누나!"

"아, 아녀요! 아니란께요!"

세차게 고개를 저으며 도망갔지만 선생님은 끈질기게

나를 따라왔고 나는 무슨 담벼락엔가 부딪혀 쿵. 넘어졌다. 그리고 잠이 깼다.

눈을 떠 보니 거짓말처럼 날이 밝아 있었다. 창문에는 햇살이 가득했다. 하지만 나는 얼른 일어날 수가 없었다. 꿈이 아직도 내 엉덩이를 붙잡고 놔주지 않았기 때문이었다.

'왜 담임이 꿈에 보였을까?'

문득 반장이 들려주던 이야기가 떠올랐다.

'우리 담임 말야. 5·18 때 대학 졸업반이었는데. 그때 환자들 수송을 맡았디야.'

그래. 그래서 그런 꿈을 꾸었겠지. 하지만 선생님이 왜 우리 누나를……. 분명히 선생님은 수레에 태운 환자가 누나라고 했다. 그건 얼토당토아니한 말이었다. 누나는 그 거리에서 죽지 않았다.

그러자 또 어제 묘역에서 본 사진이 떠올랐다. 왜 그 사진에서 누나의 얼굴이 겹쳐졌는지. 그리고 왜 갑자기 기분이 이상해졌는지 알 수가 없었다. 어쩌면 내가 너무 오래도록 누나 생각을 멀리했다고 누나가 그 사진을 통해 아우성을 친 것일까?

'기열아. 네 누나도 있잖아. 네 누나도……'

그런데도 미련한 나는 누나를 감추려고. 지우려고
만 했다. 누나는 내가 자기 생각을 해야 한다고. 하나밖
에 없는 누나니까 그래야 한다고 나를 일깨워 준 것인
데…….

나는 벌떡 몸을 일으켰다. 하지만 뭘 어떻게 해야 할
지 몰라 한동안 그대로 있었다.

버스를 타고

날씨가 너무도 화창했다. 하늘은 바다처럼 푸르고 햇살도 티 없이 맑았다. 누리에 비치는 햇빛은 마치 다이아몬드처럼 사방에서 반짝반짝 빛나기까지 했다. 도무지 믿어지지 않는 풍경이었다. 밤새껏 전쟁을 치르던 천둥 번개와 억수같이 퍼붓던 빗줄기는 다 어디로 가고 거리가 이토록 눈부시단 말인가.

나는 시외버스 터미널에 도착해 운기행 표를 샀다. 터미널의 사람들은 모두 활기차 보였다. 날씨는 소풍 가는 기분을 주는데, 내 마음은 아직도 꿈속에 있는 듯 술렁거렸다. 그러나 곧 나아질 것이었다. 나는 일부러 활활 걸어서 버스 출발장으로 들어갔다.

버스는 거의 비어 있었다. 나는 뒷자리로 가 앉았다. 차창 밖으로 어여쁜 아가씨가 다른 버스를 향해 걸어가는 것이 보이자 다시 음악 선생님이 떠올랐다. 나는 조그 맣게 한숨을 쉬며 속으로 중얼거렸다.

'어제 꿈길에는 선생님을 만나 뵈러 가지 못했어요. 어쩌면 오늘 밤도 그럴지 모르겠네요. 하지만 누나를 만나 본 뒤 마음이 가라앉으면 다시 선생님을 뵐게요.'

버스가 출발했다. 토요일 오후엔 집에 가는 학생들로 버스가 늘 만원인데, 일요일에다 오전이어서 그런지 탑승한 손님이 그렇게 많지 않았다. 그런데도 나는 어깨에 힘을 딱 주고 앉았다.

이 버스가 학교 근처로 지나가니까, 만에 하나라도 음악 선생님이 창가에 앉은 나를 보게 될지도 몰랐다. 정말 행운이 찾아와 선생님이 나를 보게 된다면 어른스럽다고 생각하시겠지. 정말이지, 나는 어서 빨리 어른이 되고 싶었다. 그래서 언젠가 고등학교 형들한테 물어본 적도 있었다.

"형, 어른은 언제부터 시작되는 것이여?"

"어른? 어디 보자. 넌 아직 코밑에 수염도 피지 않았으니 한참은 더 기다려야 쓰겠다."

"수염도 나는 것이 아니고 피는 것인가?"

"그럼. 청춘이 꽃피는 거라면 수염도 피는 것이제."

"아니다. 어느 책에서 보니까 어른은 말이다. 가슴에 사랑을 심었을 때부터 시작되는 거라던디."

그 형의 말대로라면 나는 벌써 두 달 전부터 어른이 된 것이다. 선생님을 사모하기 시작한 것이 삼월 초순이니까 나는 이미 어른이 되었고. 그런 만큼 언제나 의젓해야 한다. 나는 슬며시 내 어깨의 키를 더 높였다.

어느새 버스는 시내를 빠져나가 교외로 달리고 있었다. 찻길 양옆으로 논들이 펼쳐지기 시작했다. 벌써 모심기 철이었다. 어떤 논에서는 사람들이 줄을 당겨 가며 모를 심고. 또 다른 논에서는 경운기가 넓은 논바닥을 지나다니며 써레질을 하고 있었다. 모를 심는 곳에서는 사람들이 일제히 허리를 폈다가. 줄잡이가 뒤로 물러나 못줄을 옮기자 다시 허리를 굽혀 모를 꽂았다.

차 안에서 보기엔 그 동작들이 일률적이라 기계적으로 보이지만. 실제로는 노래를 부르는 사람도 있을 것이다.

바야흐로 일 년 중 가장 바쁘다는 농사철이었다. 가는 날이 장날이라고, 혹시 우리 집에서도 모를 심는 게 아닐까? 일손이 되어 거들 처지가 아니니, 누나 무덤에만 들렀다가 돌아와야겠지.

시선을 들어 앞쪽으로 돌리니 논두렁으로 나만 한 여자아이가 아기를 업고 걸어가는 것이 보였다.

'내가 어렸을 때 누나도 저랬을까?'

기억을 더듬는데, 먼저 떠오른 것은 지난번에 본 엄마 얼굴이었다. 버스 정류장에서 엄마는 아기를 업은 젊은 여자를 하염없이 바라보았다. 그때, 엄마도 누나를 생각했던 것일까. 살아 있다면 아기 엄마가 되었을 것이라고. 그래서 그처럼 슬퍼 보인 것일까.

별안간 수많은 생각이 회오리처럼 다가왔다. 나는 의자 뒤로 머리를 젖히며 속으로 중얼거렸다.

'그려, 너무 오랫동안 누나를 잊고 있었어. 나도 모르게 누나를 무시한 거제.'

'무시'라는 말이 새겨지자 마음이 아파 왔다. 마치 대못으로 발바닥을 꾹 찌르는 듯한 아픔이었다. 참으로 이상한 일이었다. 여태 단 한 번도 느끼지 못했던 죄책감이 그런 아픔으로 나를 찔렀다.

'나는 지금까지 누나를 부끄러운 존재라고만 여긴 것이여.'

거기까지 생각하자, 이번엔 아픔이 내 가슴으로 모여들며 어디 그것뿐이냐고 대들 듯이 물었다.

'아녀. 또 있어. 누나가 죽었을 때도 나는 누가 돌보라고 그렇게 죽어 버렸냐고 탓하기만 했제. 초등학교 4학년이면 어린애가 아닌데도, 하루빨리 광주로 돌아가지 못한다고 원망만 했단께……'

나는 다시 머리를 흔들었다. 이런 식으로 기억을 더듬는 것은 순서가 아니었다. 이젠 철도 들었으니 좀 더 어른스럽게, 구체적으로 생각해 봐야 할 것 같았다.

누나는 선생님이 되고자 했다

누나와 나는 일곱 살 터울이다. 누나가 첫째로 태어나고, 그 뒤 아이가 없어 부모님은 애간장을 태우며 나를 기다렸다고 했다. 나는 좀 늦게 태어나긴 했어도 딸이 아닌 아들이었다. 엄마는 그때의 기쁨을 이렇게 표현했다.

"니가 고추를 달고 나왔을 때 말이다. 엄만 벌떡 일어나 이장 집으로 달려가고 싶었단께. 마이크를 잡고 동네방네 외치고 싶었단께. 나도 아들을 낳았다고, 아들을! 고로코롬 말임씨……."

부모님은 나를 늘 '아이고, 우리 금덩이!'라고 불렀고, 또 그렇게 키워 왔다. 그러나 누나에겐 한 번도 그렇게 불러 준 적이 없었다.

그때 내 나이가 몇 살이었는지 기억이 나지 않는다. 어쩌면 겨우 걸어 다닐 무렵이었을지도 모르겠다. 그즈음 누나는 나에게 자주 심술을 부렸고, 엄마 아버지만 없으면 나를 쥐어박기도 했다.

"넌 왜 태어났어. 응? 니가 태어나기 전엔 내가 우리 집 공주였단 말이여. 근데 니가 태어나는 바람에 찬밥이 되었잖아!"

대충 짜깁기를 하자면 그런 식으로 나를 들볶았던 것 같다. 그래서 나는 한사코 엄마의 치맛자락을 놓치지 않으려 했다. 그런데도 엄마가 나를 두고 들로 일 나가면, 나는 자지러지게 울어 댔다.

솔직히 누나가 나를 호되게 때린 기억은 없다. 이를테면 다른 집 형들처럼 주먹질을 하거나 발로 차거나 짓밟는 것 같은 구타는 하지 않은 것 같다. 하지만 꼬집는 데는 도사였다. 그것도 꼭 엉덩이를 꼬집어서 푸른 멍이 남았고, 그 흔적 때문에 다음번엔 누나가 꼬집힘을 당해야 했다. 엄마는 결코 나를 꼬집은 누나를 용서하는 일이 없었다.

"니가 감히 우리 금덩이를 이렇게, 이렇게……."

그러면서 엄마는 누나를 꼬집어 댔다. 그러면 누나는 펄쩍펄쩍 뛰면서도 악다구니를 했다.

"기열이가 금덩이면 난 똥덩이라요? 응? 응?"

그러면 엄마는 슬며시 손을 놓고 은근한 말로 물어보았다.

"순아, 니는 하나뿐인 동생이 그렇게 밉다냐?"

누나는 당당하게 대답했다.

"다른 집 아그들도 다 동생을 때린단 말이여. 나도 하나뿐인 누난께 동생을 때릴 자격이 있단께."

"하지만 기열인 다른 집 아그들과 다르잖여."

"흥, 근께 기열인 금덩이고 난 똥덩이다, 그 말이지라? 글믄 왜 날 낳았다요?"

엄마는 조용조용 타일렀다.

"아녀, 니도 이 에미에겐 금덩이여. 하지만 니는 벌써 익은 금덩이고, 기열이는 아직 덜 익은 금덩이잖냐. 그란께 그렇게 꼬집으면 멍이 더 깊이 들제."

그 뒤 누나와 단둘이 살 때, 누나는 그때 일을 이렇게 되새겨 주었다.

"익은 금덩이. 덜 익은 금덩이. 세상에 얼마나 듣기 좋고 또 그럴듯한 소리다냐? 그 말을 듣자 슬며시 반성이 되더란께. 안 그냐? 남매지간의 나이 차이를 고로코롬 적절하게 표현하시니. 울 엄마 머리 참 좋으시단께."

어쨌든 그때부터 꼬집고 싶은 마음 대신 사랑스런 마음이 미루나무처럼 쑥쑥 자라더라고 했다.

누나가 나를 사랑해 주었던 기억은 많이 남아 있다. 엄마 아버지가 장에서 늦게 돌아오는 날이면 나를 업어 재워 주었고 밥도 챙겨 주었다. 알밤이나 앵두를 따면 자기는 먹지 않고 가져다주기도 했다.

꿩 알을 주우려고 둘이서 산에 올라갈 때나, 봄날 삐비를 뽑으러 갈 때는 노래도 가르쳐 주었다.

우리 아빠 이름은 이창호이고요
우리 엄마 이름은 박엄전이고요
우리 누나 이름은 이기순이고요
우리 기열이 이름은 이기열이래요.

그것은 순전히 자기가 지어서 가르쳐 준 노래였다.

물론 어린 나에게 집안 식구들 이름을 잘 기억하라고 노래로 가르쳐 준 것이었는데. 나는 학교에 입학해서도 자랑삼아 그 노래를 불렀다. 그러자 아이들이 놀려 댔다.

"옴마. 이기열. 유치원에서 왔단가?"

그렇게 창피를 당한 뒤로는 이 노래를 두 번 다시 불러 본 적이 없으나. 선생님이 엄마 이름을 물었을 때 반아이들 중에서 오직 나만 얼른 대답할 수 있었다.

어쨌거나 나는 누나를 잘 따르는 편이었다. 누나 역시 내가 초등학교에 들어간 뒤부터는 내 숙제는 물론 도덕과 일기까지 전적으로 돌봐 주었다. 내가 한글을 깨친 것도 누나 덕이었다.

솔직히 말하면. 나는 한 학기가 다 가도록 글을 읽을 줄 몰랐다. 내 이름만 겨우 쓸 정도였다. 선생님의 가르침은 장난질하느라 귀 밖으로 흘렸고. 부모님은 농번기에 시달리느라 밤늦게야 돌아왔으므로 공부를 봐줄 시간이 없었다. 만약 누나가 그 여름방학 동안 한글을 깨쳐 주지 않았다면. 내가 맞춤법을 제대로 익히기까지는 꽤 오랜 시간이 흘렀을 것이다. 시골에는 고학년이 되어도 한글을 모르는 아이들이 더러 있었는데. 나도 그런 축에

속했을 게 뻔했다.

　나는 숫자 헤아리는 것도 누나한테서 배웠다. 토요일이나 일요일, 혹은 학교가 끝나면 우리는 들로 나가 메뚜기나 방개를 잡았다. 메뚜기를 잡을 땐 빈 병을 들고 나가 거기에 넣게 하면서 한 마리, 두 마리 세도록 했다. 집으로 돌아와 그것을 볶아 주면서도 먼저 세어 본 다음 먹도록 했다. 열 마리를 셀 때는 열 마리밖에 주지 않았고, 스물까지 세면 스무 마리를 먹을 수 있었다. 대추를 따거나 밤을 주울 때도 그랬다. 내가 백까지 셀 수 있었던 것은 주워 온 알밤을 방바닥에 풀어 놓고 몇 번이나 거듭해서 그걸 세게 했던 덕이었다. 나는 그걸 세다가 끄떡끄떡 졸았고, 그러면 누나가 빽 소리를 질렀다.

　"니 잠퉁이 될래, 금덩이 될래?"

　그래도 깨어나지 못하면 사탕, 하고 소리쳤다.

　"사탕?"

　나는 눈을 번쩍 떴다.

　"그려, 누나가 내일 사탕 사 올 것이여. 니가 백까지만 세면 과자도 사 올 것이여. 그러니 어서 세어 봐!"

　"칫, 누나가 뭔 돈이 있다고?"

그러면 누나는 내 귀에 대고 속삭였다.

"나 꼼쳐 둔 돈 있어. 참말이여. 근께 어서 세어 봐라 잉."

나는 손가락을 걸어 약속을 받아 낸 다음. 다시 세기 시작했다.

백까지 완전히 셀 수 있게 되자 나는 얼른 사탕부터 내놓으라고 졸랐다. 하지만 누나는 또 다른 조건을 내걸었다.

"그려. 주지. 주고말고. 근디 시방 니 기분이 어떤지 고것부터 먼저 말해 봐라."

"기분? 그것이 뭣인디?"

"숫자를 쓰고 셀 수도 있으니, 그 기분이 어때? 하늘에 닿은 기분이여. 아님 날아가는 기분이여?"

"아. 그런 기분? 하늘만큼 사탕과 빵을 가져와도 몽땅 다 셀 수 있지라."

"에그. 이 똥대가리. 그건 기분이 아녀."

나는 사탕이 취소될 것 같아 재빨리 고쳐 말했다.

"그려. 누나 말처럼 시방 하늘로 날아가는 기분이란께. 근께 어서 사탕 내놔!"

사실 숫자를 백까지 알고 나니 그 뒤는 아주 쉬웠다. 앞에 백만 붙이면 되었다. 계속해서 백하나, 백둘을 세고 쓰는 것은 식은 죽 먹기였다. 누나는 사탕을 내놓으면서 말했다.

　"난 말이다. 처음 글을 알았을 때 세상이 다 훤해 보이더라고. 하늘로 나는 기분이기도 했고……. 내가 혼자서 가게 이름을 읽을 수 있고 친구들 이름도 쓸 수 있다는 것이 참말 기적 같더란께."

　나는 사탕을 쭉쭉 빨면서 물어보았다.

　"근디 말이여. 누나는 이렇게 가르치는 방법을 누구한테 배웠단가? 중학생이 되믄 그런 것도 배우는 것이여?"

　"아니, 안 배워."

　"글믄?"

　"내가 발명한 것이여."

　누나의 대답은 그처럼 간단했다.

　"그런 것도 발명하는 것이여?"

　"그럼. 난 커서 선생님이 될 것인께 지금부터 많은 방법을 연구해 둬야제."

　그때 내 생각엔 누나의 그런 포부가 당치도 않다 싶었

다. 내가 학교에서 봐 온 선생님들은 농사꾼과는 거리가
먼 사람들이었다. 그들은 애초 우리가 모르는 곳에서 태
어나 그렇게 자라거나 교육을 받아 온. 말하자면 차원이
나 급수가 다른 사람들로 여겨졌다.

"난 참말로 좋은 선생이 될 거여."

누나는 방바닥에 누워 천장을 보면서 스스로 다짐하듯
말했다. 내가 물었다.

"누나가 좋은 선생이 될지 말지를 어떻게 아나?"

누나는 벌떡 일어나서 내 턱까지 치키고는 이렇게 말
했다.

"어떻게 아냐고? 널 가르쳐 봤잖여. 근께 기열이 넌
말이여. 이 누나의 첫 번째 제자가 되는 셈이여."

누나는 그렇게 선생님이 되고 싶어 했다. 초등학교 입
학할 때부터 선생님들이 너무 좋아 자기도 그런 꿈을 가
졌다고 했다.

그러나 누나는 선생님이 될 수가 없었다. 그 이유는
나처럼 아들로 태어나지 못했기 때문이었다. 적어도 우
리 집에서만은 사정이 그랬다.

소를 몰고 나간 누나

중학교를 졸업한 뒤 누나는 고등학교에 진학하지 못했다. 그건 마을의 다른 누나들도 거의 마찬가지였다. 따라서 크게 억울한 일도 아니건만, 누나는 한동안 엄마를 들볶고 또 징징댔다.

"난 농사 안 지을 거여. 학교에 보내 줘. 학교."

그러면 엄마는 대답했다.

"학교 소리는 입도 뻥긋하지 마라. 그래 봐야 소용없은께."

"글믄 나는 뭘 하란 말여? 안방 각시처럼 방구석에 처박혀 만날 천날 천장이나 보고 살란 말이여?"

"집에서 동생이나 잘 건사해라. 그 일도 큰 공부여."

사실 시골은 이른 봄부터 추수와 김장철까지 늘 바빴다. 어른들은 거의 들에서 살았고, 나 같은 아이들은 학교에서 돌아와도 자기가 밥을 찾아 먹어야 하는 경우가 많았다. 그러나 엄마는 나에게 그런 일을 시키지 않았다. 엄마나 누나, 둘 중 누구든 꼬박꼬박 챙겨 줘야 한다고 믿었다.

"니가 기열이 잘 건사하면, 추수 끝나고 고운 쉐타 사 줄 것인께."

엄마는 누나에게 그런 조건을 걸기도 했다. 스웨터가 탐이 난 건지 어쩐지는 알 수 없지만, 누나는 더 이상 징징대지 않았다. 부모님은 안심하고 들일에 전념했고, 나는 학교만 파하고 나면 오디를 따러 다니느라 해가 지는 줄도 몰랐다.

초등학교 2학년이던 어느 늦은 봄날이었다. 학교에서 돌아와 보니 누나가 집에 없었다. 내가 돌아오면 밥을 차려 줘야 할 사람이 하필이면 그 시간에 집을 비운 것이다. 나는 역정부터 치밀었다. 배가 고파 고꾸라질 지경인데 도대체 어디로 갔단 말인가.

나는 책가방을 툇마루에 던지고 악을 쓰듯이 누나를 불렀다. 집에 없는 사람이 대답할 리가 없었다. 문득 오늘은 고추를 심는다던 것이 생각났다. 누나도 일을 도우러 들에 나간 게 분명했다.

'내 밥 차려 주는 것이 중하지. 고추 모가 더 중한가?'

나는 씩씩거리며 고추밭으로 달려갔다. 배는 고프고 햇볕은 뜨거운데. 고추밭은 집에서 꽤 멀찌감치 떨어져 있었다. 참깨와 들깨밭을 지나 우리 집 고추밭 두렁에 올라서서 보니, 밭고랑을 타고 앉은 사람은 아버지와 엄마뿐이었다. 나는 밭둑에 서서 소리를 질렀다.

"엄마. 배고파 죽겠어. 얼른 밥 줘!"

"쫌만 더 심고 가마. 누나한테 먼저 밥 달래라!"

"누나 집에 없단께!"

그 말을 듣고 엄마는 얼른 등을 일으켰다. 누나가 없다는 것보다 내가 배고프다는 것이 더 신경이 쓰였던지 엄마는 개울로 내려가 황급히 손을 씻고 올라왔다.

"아이고. 우리 새끼 얼마나 배가 고플까. 어서 가자."

엄마는 머릿수건을 벗어 옷까지 탁탁 털어 내고는 재빠르게 집으로 향했다. 참깨밭을 지나올 때 엄마는 뒤돌아보며 안쓰러워 죽겠다는 표정으로 물었다.

"배 많이 고프쟈? 쫌만 참아라잉."

엄마는 집으로 내달려 갔다. 나는 그런 엄마를 보며 지금 누나가 집에 없는 것이 오히려 다행이다 싶었다. 엄마는 누나보다 나에게 주는 것이 더 많았다. 사탕은 아니더라도 엿이나 떡을 감췄다 나만 몰래 주었으니. 오늘도 틀림없이 뭔가 있을 것이었다.

엄마가 밥상을 차리는 동안 나는 마루에 걸터앉아 기다렸다. 이르게 더위가 찾아왔는지. 햇살이 마당에 빗살처럼 좍좍 내리꽂혔다. 하얗고 뜨거운 햇빛을 보자 그만 현기증까지 날 지경이었다.

"아따. 배가 고파 꼬꾸라지겄어!"

내가 부엌에 대고 소리쳤다.

"알았다. 시방 가져간다."

엄마가 밥상을 들고나왔다. 그때 마침 아버지도 마당으로 들어왔다. 식사를 함께 하기 위해서였다.

"자. 어서 묵어라."

역시 엄마는 달랐다. 내 밥그릇에 노란 콩가루를 듬뿍 부어서는 골고루 비벼 주는 것이었다.

"목 맥힌께 국물도 떠먹어라잉."

아버지도 물김치 보시기를 내 앞으로 밀어 주며 말했다. 내 숟가락질은 공중제비보다도 더 빨랐다. 햇살이 하늘에서 저희들끼리 드글드글 볶았고, 내 콧등의 땀도 서로 경주하듯 송송 솟아올랐다. 나는 정신없이 밥을 먹었다. 세상에 그런 꿀맛이 없었다. 왜 안 그렇겠는가. 내가 좋아하는 콩가루 비빔밥인데. 그 고소한 콩가루가 입천장에 착착 달라붙다가 물김치와 함께 스르륵 넘어갈 때의 시원함은 정말이지 무엇으로 비교할 수가 없었다. 사실 내가 가장 좋아하는 것은 달콤한 팥물에 국수를 말아 먹는 것이지만, 그건 엄마가 한가할 때나 만들어 주는 별미였다.

배가 어느 정도 찼을 때, 엄마가 무짠지를 베어 먹다 말고 그걸 밥 위에 내려놓으며 말했다.

"근디 기순이는 어딜 갔을꺼나?"

"나물 캐러 갔겄지."

아버지가 말했다. 그즈음 누나는 가끔씩 산에 가서 취나물을 뜯어 오곤 했다.

"고추 모심는 것은 거들지 않고 뭔 나물이단가……."

엄마가 구시렁거렸다. 아버지는 묵묵히 밥 속의 콩알만 골라냈다. 그걸 모아 소를 갖다주려는 것이다. 콩을 먹인 소는 털이 반지르르하고 새끼도 튼튼한 놈을 가진다고 늘 그렇게 정성을 쏟았다.

아버지는 지난해에 암소 한 마리를 산 뒤. 그놈을 상전 모시듯 키우고 있었다. 내가 대학 갈 때까지 네다섯 차례만 키워서 팔면 학자금은 걱정 없다고. 소를 사 온 날 아버지는 그렇게 말했다.

아버지가 먼저 수저를 놓았다. 그리고 밥상 위의 콩알을 손바닥에 쓸어 모아서 외양간으로 향했다. 그걸 소에게 먹이고 나면 돌아와 담배를 피울 것이다. 나는 젓가락을 들고 기다렸다. 아버지가 담배를 피울 때는 연기를 도넛처럼 불어 내고. 그러면 나는 그걸 젓가락으로 꿰는 것이었다. 도넛 연기로 말하자면 아버지가 마을에서 가장 기술자였다. 혀를 둥글게 말아 연기를 퐁퐁 날려 주면 나는 열 개도 젓가락으로 꿸 수가 있었다.

그런데 외양간에 간 아버지가 허둥지둥 되돌아왔다.

"소. 소가 없어졌어야!"

그러고는 곧장 대문 밖으로 뛰어나갔다. 엄마도 사색

이 되어 아버지 뒤를 따랐다. 소를 잃었다면 아버지는 모든 희망을 잃은 것이었다. 나도 젓가락을 휙 던지고 뛰어나갔다.

아버지는 마을 앞으로 달려 나가며 사람들에게 물어 댔다.

"우리 소 못 봤소?"

"외양간에 있던 소가 없어졌다면 도둑이 몰아간 것이구먼."

회관 앞에 앉아 있던 노인이 그렇게 말했다. 엄마는 벌써 울먹일 태세였고, 아버지는 정신이 없는지 마을을 빙빙 맴돌았다. 그때, 면에 나갔던 이장이 자전거를 타고 회관 쪽으로 향해 오며 소리쳤다.

"어이, 소를 찾는감? 기순이가 끌고 장으로 가던디?"

"기, 기순이가?"

아버지는 이장한테로 뛰어가서 자전거를 뺏어 타고 동구 앞으로 달려 나갔다. 한시도 지체할 수 없었던 것이다. 이장이 넋을 잃고 서 있는 엄마한테 말했다.

"걱정 마시고 집에 가 있으시오."

집으로 돌아오는 길에 내가 엄마한테 물어보았다.

"글믄 누나가 도둑이란 말이여?"

엄마는 대답하지 않고 한숨만 쉬었다.

해가 서쪽으로 한 발이나 건너갔을 무렵. 아버지가 소를 몰고 돌아왔다. 누나도 함께였다. 아버지가 소를 끌고 외양간으로 간 사이, 엄마는 누나를 마루에 끌어다 앉혀 놓고 물었다.

"소는 어째서 끌고 나갔다냐? 풀 뜯어 먹이려고 그런 것이제?"

누나는 대답하지 않았다. 외양간에 소를 넣고 나온 아버지가 말했다.

"풀 먹이려고? 흥, 소 팔아서 학교 갈려고 그랬대."

엄마는 다시 누나에게 물었다. 누나 입으로 직접 확답을 듣고 싶어서였다.

"기순아, 아니지야? 니는 그런 망측한 생각을 할 아이가 아니잖여?"

그러자 누나는 반짝 고개를 쳐들고 대들 듯이 말했다.

"학교에 보내 줘! 저 소 팔아서 고등학교에 보내 달란 말이여!"

"뭐. 뭐. 뭣이여? 소를 팔아서 학교를? 니가 뭣인디 그 소를 팔아 학교에 간다는 것이여?"

엄마는 누나에게 와락 달려들어 허벅지를 꼬집기 시작했다. 사정없이 그렇게 꼬집어 댔다. 누나가 아프다고 소리소리 지르는데도 나는 말리지 않았다. 엄마 아버지의 말처럼 그 소는 내 학자금을 위한 것이지. 누나 것이 아니었다. 게다가 누나는 남자도 아니면서 그렇게 못된 짓을 했으니 맞거나 꼬집혀도 싸다는 생각을 했다.

아버지가 슬며시 대문 밖으로 나가는 것이 보였다. 나도 그 뒤를 따랐다. 아버지는 밭둑으로 걸어가면서 담배에 불을 붙여 물었다. 그리고 담배 연기를 한숨처럼 훅훅 불어 냈다. 나도 뒤를 따르면서 아버지를 흉내 냈다. 한숨이 아닌. 담배 연기를 불어 내는 시늉이었다.

그날 밤. 누나는 편지 한 통을 남겨 둔 채 집을 나갔다. 그 편지도 집에 둔 것이 아니었다. 나의 아지트인 담배막 시렁 위에 올려져 있었다. 그러니까 엄마 아버지가 아닌 나한테 쓴 것이었다. 그 내용은 이러했다.

'누나는 반드시 선생님이 되어서 돌아올 것이여.'

누나 없는 빈자리

햇살이 내 얼굴을 비췄다. 나는 고개를 들어 버스 안을 살폈다. 해가 버스 창으로 길게 뻗어 왔다 물러가곤 했다. 길이 꼬부라지거나 모퉁이를 돌아갈 때면, 해도 그렇게 자리를 바꾸었다. 이제 앞으로 한 시간쯤 후면 누나를 만날 것이다. 어제 망월동 묘역에서 본 낯선 누나의 사진이 생각났다.

'나도 집에 들러 사진을 찾아서 올라갈까. 사진을 누나의 무덤 앞에 세워 둬야 하나……'

나는 고개를 저었다. 마을 뒷산 무덤에는 어디에도 사진을 걸어 둔 데가 없었다. 엄마 아버지도 허락하지 않을 것이었다.

'그럼 꽃이나 한 다발 꺾어서 올라가야겠다.'

뒷산 주변에는 별나게도 패랭이꽃이 많았다. 그러나 누나는 그 꽃을 좋아하지 않았다. 그 꽃들은 패랭이를 쓴 사람의 혼신으로 피어난 것이라서 싫다고 했다. 어디서 주워들었는지 누나는 정말 꽃의 내력에 대해서도 아는 것이 많았다.

'봇돌로 올라가면 많은 꽃들이 피어 있을 것이여. 그 가운데 예쁜 것을 골라서 꺾어 가면 쓰겠다.'

나는 다시 먼 들녘으로 시선을 돌렸다.

부모님이 자식을 사랑하는 것엔 아들과 딸이 다르지 않다는 것을 나는 엄마를 보면서 알게 되었다. 다만 기대와 취급이 달랐을 뿐이다. 만약 내 부모님이 누나밖에 낳지 않았다면 누나도 분명 고등학교에 진학했을 것이다. 그건 음악 선생님만 봐도 알 수 있었다. 선생님은 무남독녀라고 했고, 그래서 당당하게 선생님이 될 수 있었을 것이다.

'그렇다면 누나가 그렇게 된 것이 순전히 나 때문이란

말이여?'

슬며시 반감이 생겼다. 그래서 어쩌란 말인가. 나는 이미 태어난 것을. 누나도 아들로 태어났으면 이런 일이 없었잖아. 그 모든 분란은 누나가 딸로 태어났기 때문에 시작된 거야!

나는 다시 고개를 저었다. 그것은 올바른 답이 아니었다. 누나 역시 나를 탓하지 않았던가. 왜 태어나서 자기를 찬밥덩이로 만들었냐고. 그러니까 이미 태어났다는 것은 아무리 투정을 부린다고 한들 물릴 수 있는 일이 아니었다.

하늘의 별만 봐도 그렇지 않은가. 크고 작은 무수한 별들. 그들이 하나로 어우러져서 밤하늘을 빛내는 것이다. 그런데 우리가 작은 별더러 넌 빛이 약하니까 내일부터 당장 사라지라고 한다면, 그 별은 정녕 사라지는가.

과학 선생님은 말했다. 어떤 별들은 거리가 너무 멀어 사라진 것처럼 보일 수 있지만, 은하계에는 우리들의 눈으로 볼 수 없는 별들이 더 많다고. 그러니까 그 숨은 별들까지도 은하계의 한 가족인 셈이라고 했다. 또한 은하계는 부모님처럼 숨어 있는 그 별들을 향해 늘 외친다고 했다.

'어서어서 자라거라. 너의 빛을 키우거라.'

우리 엄마가 그랬다. 누나가 집을 나간 뒤로 엄마는 새벽마다 빌었다.

"제발 몸성히 지내게 거두어 주소서. 어디서 무얼 하든 반듯하게 살아가도록 보살펴 주옵소서."

사람이 '반듯하게 살아가는' 것과 별이 '빛을 키우는' 것이 얼마나 다른지 알 수 없지만. 누나를 향한 엄마의 마음은 애절했다. 엄마는 자주 누나의 꿈을 꾸었고, 꿈에 슬픈 얼굴을 본 다음 날은 내내 눈물을 질금거렸다.

엄마는 누나의 밥도 따로 담아 두었다. 고작 열여섯 살밖에 안 된 것이 집을 나갔으니 끼니 거르지 말라는 뜻이라고 했다. 밥을 따로 담아 두면 밥 복이 생길 수도 있다는 것이었다.

나도 처음 한동안은 기분이 영 이상했다. 학교에서 돌아와 보면 툇마루에 앉아 있는 것이라고는 쨍쨍한 뙤약볕밖에 없었다. 사람도 강아지도 아닌 뜨거운 햇살뿐이었다. 나는 그럴 때 무척 허전하고 쓸쓸했다.

그러다가 갑자기 누나가 그리워지기 시작했다. 주로

아쉬울 때 그랬다. 누나가 없다고 해서 엄마가 항상 내 점심을 차려 주는 것도 아니었다. 품앗이로 인삼 밭에 일을 가거나 담뱃잎을 딸 때는, 내가 아무리 귀해도 점심을 챙겨줄 시간이 없었다. 남의 집 일이라 중간에 빠져나올 수 없기 때문이었다.

말하자면, 나에겐 엄마 대용으로도 누나가 있어야 했다. 엄마가 없을 때 그 자리를 지켜 주는 사람이 필요했다. 밥을 먹은 뒤 물을 떠다 주거나, 하지가 지난 긴긴 오후에는 감자라도 삶아 주는 그런 보호자를 그리워한 셈이었다.

나는 서서히 외톨이가 되어 갔다. 마을로 나가도 놀아 주는 사람이 없었다. 또래들은 내가 응석받이라고 싫어했고, 형들은 어리다고 끼워 주지 않았다. 하다못해 정월 대보름 날 마을을 돌며 조리를 팔거나 오곡밥을 얻으러 다닐 때도 형들은 코흘리개라고 구박하며 쫓아냈다. 자기는 찬밥이라고 투정을 부리던 누나가 사라지자, 이제 내가 그 신세가 되어 갔다.

돌이켜 보면, 내가 그렇게 따돌림을 당했던 것도 엄마와 누나 탓이었다. 그들은 무엇이나 나에게 베풀어 주기만 했다. 그래서 동무들과 놀 필요성을 느끼지 못했으니, 아이들과 어울리는 요령 대신 응석만 갖게 된 것인지도 몰랐다.

어쨌든 나는 외로워지기 시작했고, 사람이 그렇게 외로울 수도 있다는 것을 그제야 처음으로 알았다. 세상이 다 빈 듯했고, 텅 빈 세상에 나 홀로 있는 느낌이었다. 누나가 있을 땐 금덩이었던 내가 이제는 홀로 굴러다니는 돌멩이었다. 초라하고 쓸쓸한 돌멩이. 풀밭에도 개울에도 가지 못하고 아이들 발길에나 차이는 그런 돌멩이 말이다. 개울에 가도 들에 가도 나는 혼자 맴돌았고, 아무도 나를 상대해 주지 않았다.

방학 때는 또 어떠했던가. 겨울방학은 그래도 좀 나았다. 엄마 아버지가 집에 있으니 그렇게 심심하진 않았다. 아버지는 미끄럼 놀이를 하라고 비료 포대를 챙겨 주거나 썰매를 만들어 주었고, 엄마는 깡깡 얼린 조청을 생엿처럼 잘라 주기도 해서 입은 그런대로 즐거운 편이었다. 하지만 여름방학엔 어쩜 그리도 해가 길던지. 긴긴 하루를 집에서 혼자 지내면서도 나는 밖에 나가 아이들과 어울릴 궁리를 하는 대신, 무조건 나와 놀아 주거나 들에서 잠이 들어도 업어서 집에 데려올 그런 사람만 기다렸다. 그러니 지금 생각해 봐도 내 유년 시절은 누나의 표현대로 철이라고는 눈꼽만큼도 없는, 빈 똥대가리였는지 모르겠다.

3학년 여름방학은 더 견디기가 힘들었다. 금방 돌아오리라 여겼던 누나는 한 해가 지나도록 소식 한 장 없었다. 나는 누나가 내 옷이나 먹을 것을 사서 곧 돌아오리라 믿고 있었다. 그래서 숱한 따돌림 속에서도 희망 하나는 늘 간직하고 있었는데, 무정한 누나는 명절에도 돌아오지 않았다. 객지로 나간 마을 사람들이 동생들 옷이나 선물을 사 왔을 때 나는 절실히 깨달았다. 나, 이기열은 이 세상에서 가장 쓸쓸하고 처량한 아이라고.

그해 여름방학이 지나고 막 등교하기 시작했을 때였다. 나는 학교가 끝나도 곧장 집으로 돌아가고 싶지 않았다. 아무도 없는 집에서 혼자 지내느니 버스 정류장에서 시간을 보내는 것이 훨씬 나았다. 정류장에 앉아 있으면 오고 가는 차는 물론이고 타고 내리는 사람도 볼 수가 있었다. 또, 어쩌면 그 버스로 누나가 올지도 몰랐다. 나는 한 주일 내내 정류장으로 갔고, 만약 정말로 누나가 버스에서 내린다면 먼저 소리칠 말까지 준비해 두었다.

'누나야. 이제 다시는 집 나가지 마!'

그러나 누나는 어느 버스에서도 내리지 않았다. 배에서 쫄쫄 소리가 날 때까지 기다려도 누나는 돌아오지 않았다.

어느 날이었다. 그날도 나는 버스표를 파는 가게 옆 토단에 쭈그리고 앉아 누나를 기다렸다. 버스는 한 시간에 한 대씩 지나갔는데. 석 대째 지나갔을 때부터 졸음이 쏟아져 왔다. 토단 옆에 둘둘 말린 채 놓여 있는 명석을 베고 잠에 곯아 떨어졌다. 그런데 누군가가 나를 깨웠다. 아버지였다. 눈을 뜨고 보니 아버지 머리 위로 붉은 노을이 걸려 있었다. 해가 떨어지면서 아버지 머리를 그렇게 물들인 모양이었다. 까닭 없이 울컥 서러워졌다. 나는 그만 울고 말았다.

아버지가 나를 들쳐 업고 마을로 향할 때 맞은편 산에서 노을이 불타고 있었다. 나는 눈이 부셔 아버지 등에 얼굴을 묻으며 물었다.

"아부지, 누나 찾으러 안 갈 것이요?"

"추수 끝나면 갈 것이다."

"누나는 어디에 있대요?"

"광주로 갔겄제."

"거긴 여그서 멀다요?"

"그렇게 멀지는 않어."

"글믄 어째서 추수 끝날 때까지 기다린다요?"

"광주는 큰 도시라 찾자면 며칠은 걸린께 그런 거제."

아버지의 그런 말을 듣자 안심이 되었다. 그리고 더 이상 버스를 기다리지 않았다. 나는 공책을 펼쳐 놓고 광주 가는 길과 버스를 그렸다. 수없이 버스를 그리는 사이 들녘의 벼가 누렇게 익었고, 또 겨울이 왔다.

그해 초겨울, 김장이 끝난 뒤 아버지는 정말 누나를 찾아 나섰다. 첫 번째는 사흘 만에 돌아왔고, 그다음은 나흘이나 걸렸다. 그렇게 날짜를 지체하고도 아버지는 누나를 찾지 못하고 번번이 혼자서만 돌아왔다.

"공장을 몇 개 뒤져 보았는디, 아무도 기순이를 아는 사람이 없더라고."

아버지가 품에서 학생증을 꺼내며 말했다. 누나가 중학생 때 쓰던 학생증에는 조그만 증명사진이 붙어 있었다. 그러니까 사람들에게 그 사진을 보이며 누나를 찾았던 모양이었다.

　어쨌든 그 뒤로 아버지는 누나를 찾아 나서지 않았다. 아버지는 편지를 기다렸다. 언젠가 누나가 먼저 편지를 보내면, 봉투에 주소가 있을 테니 그걸 보고 다시 찾아가 겠다는 생각이었다.

돌아온 누나

누나는 편지를 보내지 않았다. 우체부가 와도 던져 주고 가는 것은 고지서들뿐이었다.

"참말로 무정한 년······."

엄마는 그 말을 입에 달고 살았다. 아버지는 마실도 나가지 않고 방 안에서만 지냈다. 하릴없이 담배만 피워 대면서 오지도 않는 편지를 그렇게 기다렸다. 이제는 방법이 없었다. 내가 직접 나서는 수밖에는.

나도 그새 부쩍 자라 곧 4학년으로 올라가는 나이였다. 버스 타고 광주 가는 일쯤은 얼마든지 할 수 있었다. 문제는 차비였다. 광주까지 80리 길이라 했으니 적어도 천 원은 있어야 할 것 같았다. 나는 내 아지트인 담배막으로 갔다. 담배막 안에는 지난가을부터 돈을 모으기 시작한 연유 깡통이 있었다. 멍석 사이에 끼워 둔 깡통을 꺼내 보니 제법 무거웠다. 그러나 다 세어 봐도 오백 원 정도밖에 되지 않았다.

'곱절은 더 있어야 실행에 옮길 수 있는디. 그 돈을 어디가서 구한다냐? 학교에라도 간다면 지우개 산다. 연필 산다 해서 돈을 타 낼 수 있지만 지금은 방학이란 말이지. 거짓말을 지어 낼 건수도 없는디……'

며칠 뒤 눈이 내리는 날이었다. 아버지는 오랜만에 마실 나가고, 엄마는 부엌에서 고구마를 삶고 있었다. 나는 혼자 방바닥에 배를 깔고 누워 궁리에 궁리를 거듭했다.

'오백 원. 오백 원. 수리수리 마수리. 오백 원. 참깨!'

그때, 정말로 한 가지 생각이 번쩍 떠올랐다. 그것은 가방을 핑계 삼는 일이었다.

'그려, 가방을 새로 산다고 하는 것이여.'

나는 벌떡 몸을 일으켜 방구석에 팽개쳐 둔 책가방을 살펴보았다. 3년이나 써서 허름하긴 했지만 아직도 끈이

멀쩡하게 붙어 있었다. 방법이 없었다. 나는 칼을 들고 가방 끈의 실밥을 뜯어 냈다.

'이 가방을 다시 들어야 할지도 모른께 실밥만 뜯어 내야제. 글믄 엄마가 다시 기울 수 있을 것인께.'

나는 기특하게 그런 생각까지 했다. 가방 끈 한 짝을 때어 냈을 때 엄마가 고구마를 삶아서 들어왔다. 나는 얼른 가방을 뒤로 밀쳐 두었다.

"이번에는 전부 밤고구마여."

엄마가 들여온 쟁반에는 김이 나는 고구마와 동치미가 놓여 있었다. 나는 고구마를 집어 들며 속으로 계산했다. 가방 이야기는 아버지가 온 뒤, 그러니까 어두워진 다음에 하는 게 좋을 것이다. 그래야 칼 댄 흔적이 보이지 않을 테니까.

아버지는 저녁 무렵에 돌아왔다. 엄마가 밥 차리러 나가려고 누비옷을 걸칠 때, 마당에서 누군가가 나를 부르는 소리가 들려왔다. 엄마가 급히 문을 열었다.

"아니, 너, 너……!"

나를 부른 사람은 뜻밖에도 누나였다. 거짓말같이 누나가 마당에 서 있었다. 나는 이미 가방 끈까지 잘라 버렸는데. 자기가 먼저 그렇게 돌아온 것이었다.

"니가 어떻게 왔디야? 여긴 느그 집이 아닌께 핑 돌아 가그라!"

엄마는 반가워 죽을 지경이면서도 화부터 냈다. 그러나 누나는 노여워하지 않았다. 머리에 쌓인 눈을 털어 내고 어깨에 멘 작은 가방까지 벗은 다음. 방 안으로 들어와 덥석 엄마를 껴안고 능청을 부렸다.

"뭣이 그려? 엄마도 날 보고 잡았음시롱."

아버지 역시 너무도 반가웠던지 손에 들고 있던 담배까지 떨어뜨렸다. 그리고 담배를 얼른 집어 들며 엄마한테 재촉했다.

"시방 뭔 헛소리하고 있단가? 야가 배고플 터인디 싸게 밥이나 채려 올 것이제."

엄마가 밥을 차리러 나가자 누나는 나를 껴안았다. 그리고 그 발간 볼을 내 머리에 비비며 소곤거렸다.

"열아, 이 누난 니가 보고 잡아 참말로 죽는 줄 알았다잉."

누나는 나를 만나 감격하고 있는데. 나는 뾰로통했다.

"어째서 벌써 온 것이여?"

나는 반가움보다 먼저 애석한 생각부터 들었다. 지금 오지 않고 며칠만 더 있었으면 내가 찾아갔을 것이고, 그렇게 함께 돌아왔다면 훨씬 좋았을 텐데. 그 멋진 기회를 놓쳤기 때문이다.

"섭하게 어째 그런 소릴 한단가? 지난 일 년 반이 나에겐 꼬박 십 년 같았는디……."

누나가 그렇게 말했다.

"피. 새빨간 거짓말."

"참말이여. 엄마 아부지는 별로 안 보고 잡은디, 니가 얼마나 보고 잡던지……."

나는 슬며시 누나를 밀어냈다. 왠지 거북했다. 하지만 누나는 나를 더 꼭 끌어안으며 중얼거렸다.

"니 꿈도 많이 꿨제. 울기도 숱하게 울었고……."

누나는 울고 있었다. 기뻐서 그렇게 눈물이 나는 거라고 누나가 말했다. 그제야 나도 조그맣게 속삭여 주었다.

"아부지도 두 번이나 누나를 찾으러 갔어. 나도 시방 돈을 모으고 있던 중이여. 누날 찾으러 갈라고."

그러자 누나가 나를 얼른 품에서 떼 내고 빤히 바라보며 말했다.

"음마. 근께 식구들이 모두 날 찾으려고 한마음으로 뭉쳐 부렸구면!"

누나가 환하게 웃었다. 눈은 눈물로 빛났고. 얼굴은 기쁨으로 반짝거렸다. 그런 누나 얼굴은 학교 선생님처럼 예뻐보였다. 어쩌면 정말로 선생님이 되어 돌아온 건지도 모른다는 생각을 하고 있는데. 엄마가 밥상을 들고 들어왔다. 청국장과 갖가지 김치가 그득했다.

"음마. 우리 집 밥상!"

누나는 밥상 앞에 달려들어 밥을 퍼먹기 시작했다. 배가 고파서만은 아닌 듯했다. 집에서 먹어 보는 밥상이 그처럼 그리웠던 모양이었다.

"우리 집 김치가 참말로 꿀맛이다. 꿀맛!"

엄마는 계란 부친 것도 슬며시 누나 밥그릇 옆으로 디밀었으나. 누나는 김치와 청국장만 정신없이 먹어 댔다. 그 모습을 지켜보는 엄마와 아버지의 눈시울이 붉어지고 있었다. 그간 얼마나 굶었으면 저럴까 싶은 모양이었다.

"천천히 묵어라잉."

그렇게 말해 놓고 엄마는 누른 밥을 긁어 왔다. 누나가 그 누른 밥까지 달게 먹고 있는데. 엄마가 물었다.

"인제 다시는 안 나갈 거제?"

누나가 숟가락을 놓으며 대답했다.

"엄마. 사실은 나 광주에다 방 얻어 놨다요."

엄마 아버지의 얼굴이 금세 굳어졌다. 엄마가 더듬거
리며 물었다.

"그. 그건 또 뭣 땀시…….."

"생각해 봤는디. 우리 기열이를 촌구석에서 공부시킬
게 아니어라. 광주에는 말이요. 사방에서 유학 온 아이들
이 쌔고 쌨어라. 근께 기열이도 대학을 가자면 일찌감치
광주로 나가야 쓰겄더라고요."

"……."

"그동안 얼마나 집에 오고 잡았는지 아요? 명절 때마
다 친구들이 집에 간다고 밤잠을 설칠 때도 나는 방 하나
얻을 때까지만. 그때까지만 하면서 눈 질끈 감고 참았다
요."

"무. 무슨 소린지 통…….."

"엄마. 참말이지 그간 생각 많이 했어라. 그래서 깨달
은 것인디. 우리 기열이만은 제대로 키워야 쓰겄습니다.
사실 우리에게 누가 있소? 기열이뿐이잖여요? 근께 온

식구가 합심해서라도 기열이 뒷바라지를 해야지라. 그래서 내가 먼저 방을 얻어 놓은 것이란 말이요. 기열이 전학시키자고 말이어라."

그러자 아버지가 나섰다.

"지금 말을 거꾸로 하고 있는 것이여. 순서가 뒤바꼈단 말이여."

"예?"

"우리가 궁금한 것은 너여. 다 큰 가시나가 집 나가서 뭔 짓거리를 혔는지. 또 어떻게 살았는지 고것부터 말해 봐라."

"공장에 댕겼지라."

"뭔 공장?"

"전기밥통 맹그는 공장 말여요."

"촌에서 간 니가 어떻게 단박에 공장으로 갔다는 것이여?"

"아부지, 광주에는 공장이 많고도 많어라. 또, 공장 앞마다 사람 구한다는 광고가 널널이 붙었지라."

"어디서 자고, 밥은 어떻게 지어 먹음시롱 공장에 댕긴 것이여?"

"우리 회사는 기숙사도 있어라. 난 여태 거기서 살았지라. 일 끝나고 야학에 가는 아그들도 있지만. 난 야학 대신 잔업을 했단께요."

"……."

"왜 그냐면 야학 공부해 봐야 교육대학에 갈 수 있는 것도 아니고. 그래서 진즉에 마음 고쳐먹고 돈이나 벌자고 잔업을 한 거지라."

그런 말을 들으면서 엄마는 눈물을 질금거렸고, 아버지는 고개를 훼훼 내저으며 말했다.

"참말로 간덩이도 크다. 어떻게 우리가 전학을 시킬지 말지도 모름시롱 니 맘대로 방부터 얻고 그랬다냐?"

"안 그러면. 아부지 엄마가 내 말을 들으시겠소?"

"어쨌든 기열인 아직 어려서 안 되야."

"기열이가 뭣이 어리다고 그라요? 설 쇠면 열한 살이 되는디. 다른 아그들은 1학년짜리도 전학을 합디다."

그날, 밤이 늦도록 부모님과 누나는 전학을 시킨다 못 시킨다로 옥신각신했다. 나는 그들 뒤에 누워 속으로 훈수를 넣었다.

'누나, 이겨라!'

내 마음은 벌써 광주로 달려가고 있었다. 광주는 나에게 꿈의 도시였다.

"어쨌든 내일 아부지랑 먼저 광주에 가 보고 나서 다시 생각해 봐야 쓰겄다."

마침내 아버지가 그렇게 마무리를 지었다. 모든 것을 두 눈으로 확인한 뒤에 결정을 하겠다는 뜻이었다.

누나와 함께 떠난 아버지가 이틀이 지나 돌아왔다. 아버지는 방에 들어서자마자 나를 지그시 바라보았다.

"책상은 사 놓고 왔다."

나는 만세라도 부르고 싶은데 엄마 눈치가 보였다.

"어린 것을 떼 놓고 어떻게 산다요."

엄마는 눈물부터 훔쳐 냈다. 나는 엄마를 달래듯 의젓하게 말했다.

"토요일마다 올 터인디 뭘 그려?"

나는 엄마가 나를 꼭 붙잡고 못 가게 할까 봐 두려웠다. 나는 벌써 꿈에 부풀어 있었다. 이제 나는 도시 아이가 되는 것이었다. 여태 나를 따돌린 마을 아이들에게도 맘껏 으스댈 참이었다.

"전학증도 떼야 허고, 이불이나 그릇 같은 것도 챙겨야
허고……."

아버지는 담배에 불을 붙여 물며 중얼거렸다. 엄마가
눈물을 닦고 물었다.

"근디 순이는 기숙사에 있다고 그랬잖여? 글믄 기열이
밥은 누가 해 준다요?"

"기열이 돌봄시로 출퇴근할 것이여."

"야근까지 한담시롱?"

"이제 그런 것도 하지 말어야제."

"공장은 방 얻어 논 데서 멀다요?"

"좀 멀긴 헌디, 뻐스 타면 된께."

"어째 방을 공장 가까이 얻지 않았다요?"

"근께 고것이 그새 얼마나 속이 찼는지, 생각하는 것이
나보다 낫더란께."

"그건 또 뭔 소리다요?"

"나도 어째서 공장과 이렇게 먼 데다 방을 얻었냐고
물었제. 그랬더니 기열이가 댕길 학교가 시내 쪽에 있어
야 좋은 중학교로 배정될 수 있다는 것이여."

"글믄 공장에는 가 봤소?"

"가 봤제. 기숙사도 크고, 기순이 또래 아그들도 많더
만."

그 말을 듣고 엄마는 안심이 되는지 얼굴이 밝아졌다.
아버지는 담배를 끄고 몸을 일으켰다. 전학증을 언제 뗄
수 있는지 담임의 당직 날부터 알아보고 오겠다는 것이
었다. 나도 슬며시 아버지를 따라나섰다. 이제부터 나는
전학증 떼는 일이며 모두 참견할 생각이었다. 나의 일이
기 때문이었다.

동구 앞까지 나왔을 때 아버지가 말했다.

"오늘은 아무래도 아버지 혼자서 댕겨 오는 것이 좋겠
다. 그란께 너는 고만 집에 들어가라."

"싫어라. 나도 따라갈 것이여."

"아부지 말 들어라잉."

나는 더 따라갈 수가 없었다. 그렇다고 당장 돌아서고
싶지도 않아 그 자리에 서 있는데. 아버지가 다시 돌아서
서 말했다.

"아직은 아무한테도 전학 간다고 이야기하지 말어. 알
았제?"

나는 핑 뒤돌아섰다. 이것도 저것도 하지 말라니 김이

팍 새 버렸다. 학교에 따라갔다가 돌아오는 길에 아이들을 만나면 그때부터 사방에 외쳐 댈 참이었는데……. 나는 주머니에 손을 찌르고 마을로 향했다.

"어이. 기열아!"

논에서 썰매를 지치고 놀던 아이들이 나를 불렀다. 전에 없던 일이지만 나는 주저하지 않고 논두렁으로 올라갔다. 큰 썰매를 가진 6학년 형이 물었다.

"느그 아부지 또 어딜 가신다냐?"

나는 전학증 때문이라고 하려다가 그만 입을 다물어 버렸다. 아버지는 아직 아무한테도 말하지 말라고 했지만. 그 말이 하고 싶어 입에 몸살이 날 지경이었다. 그래서 속으로만 크게 외쳤다.

'나 전학 간다. 형들과도 하직이여. 날 데리고 놀고 싶어도 이젠 그럴 수 없게 되었다. 그 말이여!'

그로부터 열흘 뒤 아버지는 마침내 전학증을 떼 왔고. 새 학기 전에 내 짐은 광주로 옮겨졌다. 내가 마을을 떠날 때 아버지와 엄마도 이불 보따리며 부엌살림을 챙겨 들고 광주까지 함께 따라왔다. 마치 온 식구가 이사를 가는 듯한 기분이었다. 그날 동구 앞을 지날 때 마을 아이들이 물었다.

"기열아. 너 누나한테 가냐?"

내가 대답했다.

"광주 가는 것이여!"

그러자 아이들은 기가 죽어 더 이상 묻지 않았다. 아이들에게도 누나보다 광주가 더 깃발 날리는 일이었던 것이다. 나는 대장처럼 으스대며 마을을 빠져나왔다.

변화가 모험

새 학기 첫날부터 전학한 학교로 등교했다. 4학년 3반
이었다. 배정받은 학급으로 갔을 때 나는 조금 실망을 했
다. 선생님이 남자였고, 반 아이들도 남학생이 더 많았으
며, 짝도 남자애였다. 사실 나는 어여쁜 여자아이와 짝이
되기를 은근히 기대했는데, 초장부터 내 기대는 그렇게
무너졌다.

학교 생활도 별로 재미가 없었다. 모든 것이 낯설었고,
아이들은 내 말씨에서 촌 냄새가 난다고 무시했다. 그래
서 나는 학교가 끝나자마자 집으로 왔다. 다행히 안집에
는 나와 놀아 줄 식이가 있었다. 식이는 나보다 한 학년

아래였지만 서로 마음이 잘 통했다. 주인아저씨는 공무원이라 그런지 엄격했지만. 식이는 이삿짐을 옮겨 온 첫날부터 나에게 호의를 보이며 자기 집에 텔레비전을 보러 오라고 했다.

텔레비전. 그것은 정말 기막힌 요술 상자였다. 생전 텔레비전 구경도 하지 못했던 나에게 그 네모판 그림들은 흥미진진한 볼거리를 마구 쏟아 내면서 나를 사로잡고 말았다. 한동안 나는 거의 안집에서 살다시피 했다. 부모님이 시골집으로 돌아간 다음 날부터 그랬다.

우리가 특히 좋아했던 프로그램은 〈두 얼굴의 사나이〉였다. 식이와 나는 열렬하게 그 시간을 기다렸고. 주인공 헐크의 몸이 갑자기 커다랗게 변할 때는 둘 다 숨을 죽였다.

"형. 우리도 헐크 놀이나 할까?"

어느 날 집에 아무도 없을 때. 식이가 눈을 반짝이며 그 놀이를 제안했다.

"그려, 그 참 좋은 생각이다."

나는 당장 우리 방에 가서 누나의 양말을 들고 왔다. 그걸 팔뚝에 꿰고 알통을 부풀리면, 내 팔뚝보다 좁아서 헐크의 옷처럼 쉽게 실밥이 터져 줄 것 같았다. 그러나 발가락 쪽이 막혀 있어 팔에 꿰어지지가 않았다. 나는 가위를 가져와 앞을 싹둑 자르고 팔뚝에 꿰어 보았다. 멋지게 꿰어졌다.

"야. 멋지다! 형. 어서 힘줘서 찢어 봐!"

그러나 양말은 너무 질겨 찢어지지가 않았다. 다른 방법이 필요했다. 주위를 살펴보니 아기 배내옷이 있었다. 식이 동생의 것이었다. 마침 식이 엄마도 아기를 업고 시장에 가고 없으니 나무랄 사람도 없었다. 나는 그걸 집어 들었다. 하지만 생각해 보니 그것은 식이네 것이라서 식이가 해야 할 것 같았다.

"이걸로 니가 해 봐."

내가 아기 옷을 내밀자. 식이는 가위로 팔 쪽을 싹둑 싹둑 잘라 냈다. 아기의 옷소매가 단번에 떨어져 나갔다. 식이는 그걸 자기 팔뚝에 꿰었다. 좁아서 간신히 들어갔지만 그래서 더욱 잘 찢겨 나갈 것 같았다. 식이는 호기롭게 양 팔굽을 접고 알통을 모으려고 용을 썼다.

"으으으……!"

그렇게 한껏 힘을 주고 있는데. 식이 엄마가 돌아왔다.

식이 엄마는 내 팔뚝에 꿰어진 양말짝과 식이의 팔뚝을 번갈아 보고는 벼락같이 소리를 질렀다.

"니들 시방 뭣하는 짓거리들이여? 세. 세상에 아기 옷을!"

식이 엄마는 대뜸 식이를 잡아채고 때리기 시작했다. 식이는 맞지 않으려고 그 핑계를 나한테로 돌리고 말았다.

"형이 시킨 것이여. 형이."

식이 엄마는 식이를 놓고 나를 노려보았다.

"정말 니가 시킨 것이여?"

나는 엉겁결에 고개를 끄덕였다. 그러자 식이 엄마는 한심하다는 듯 눈을 흘기며 혀를 끌끌 찼다.

"나이도 한 살이나 더 먹은 것이 잘 논다. 잘 놀아!"

나는 잘못했다는 말도 못하고 그저 눈만 씀뻑였다. 식이 엄마가 다시 꽥 소리를 질렀다.

"당장 니네 방으로 가! 그라고 다시는 올 생각 말어. 만약 다시 오면 그놈의 발목쟁이를 분질러 놓을 것인께!"

나는 그렇게 출입 금지까지 당하고 말았다. 때문에 그날 이후로 나는 안집에 갈 수도 없었고, 텔레비전은 물론 식이와 놀지도 못했다. 학교에서 돌아오면 나는 누나가 차려 둔 밥상에서 점심을 챙겨 먹은 뒤, 방바닥에서 구슬이나 딱지를 잔뜩 펼쳐 놓고 그걸 치거나 던지면서 혼자 놀아야 했다. 정말로 심심했지만 그렇다고 밖에 나갈 수도 없었다. 그것만은 누나가 절대로 허락하지 않았기 때문이었다.

학교에 가던 첫날, 누나는 나에게 다짐을 주었다.

"당분간은 학교와 집만 오고 가야 헌다. 다른 길로 나가면 길을 잃는단 말여."

만약 내가 길을 잃으면, 누나는 심장마비에 걸려 죽을 거라고 했다. 그렇다면 큰일이 아닐 수 없었다. 생각해 보라. 이 넓은 도시에서 나를 보호해 줄 사람은 누나뿐인데, 내가 애를 먹여 누나를 잃는다면 다시 시골로 돌아가야 하지 않는가. 그것만은 절대로 사양할 일이었다. 더욱이 시골로 돌아간다면 마을 아이들에게 뭐라고 말할 것인가. 한껏 으스대면서 떠나왔는데 금방 돌아가면 옛날보다 나를 더 무시할 것이 아닌가. 정말이지 그런 일만은 절대로 되풀이하고 싶지 않았다.

내가 책상에 앉아 턱을 괴고 이런저런 궁리를 하고 있

는데. 방문이 슬며시 열리더니 식이가 고개를 디밀었다.
사흘 만에 얼굴을 보인 녀석은 손짓으로 나오라는 시늉
을 했다.

"어디 가게?"

"쉿! 엄마 들어. 그냥 나와 봐."

나는 얼른 식이를 따라 나섰다. 식이는 안방을 살펴보
고 나서 살그머니 대문을 열었다. 식이가 나가고 조금 뒤
나도 소리 죽여 따라나섰다. 식이는 벌써 골목을 빠져나
가는 중이었다. 나는 뛰어가서 녀석에게 물어보았다.

"어딜 가는 것이여?"

"형도 심심하지? 근께 우리 놀러 가자."

"난 심심하지만. 니는 텔레비 보고 놀믄 되잖여? 오늘
은 토요일이라 텔레비도 일찍 하는디."

"애기가 잔다고 텔레비도 못 보게 해. 글구 나더러 착
한 오빠가 되려면 부처님처럼 점잖게 놀아야 한디야."

그 말인즉, 쥐 죽은 듯이 혹은 조용히 놀아야 한다는
뜻이다. 나는 식이의 마음을 단박에 이해할 수 있었다.
부처님 시늉이 얼마나 괴롭고 주리가 틀렸으면 이렇게
탈출을 감행했을까 싶기도 했다.

"글믄 어디로 가자는 거야?"

"시내 구경은 어때?"

시내 구경? 귀가 번쩍 뜨였다. 기가 막히게 좋은 생각이었다. 더욱이 식이는 본래 도시 아이라 길을 잃을 염려도 없을 터였다.

"그래. 그러자고."

우리는 큰길로 나가 시내를 향해 부지런히 걸어 나갔다. 큰길가에는 볼거리가 많았다. 가게나 쇼윈도 안의 마네킹도 나의 눈을 유혹했다. 아이들에게 도시는 확실히 살맛 나는 곳이었다. 겨우내 빈 들판밖에 볼 게 없는 촌구석에 비하면 여긴 천국과도 같았다.

우리는 그렇게 사방을 힐끔거리며 걸었다. 하다못해 길거리에 펼쳐 둔 귀이개나 손톱깎이 좌판도 마치 그것이 보물이기나 한 듯 열심히 들여다보았다. 하긴 처음 보는 것들이라 내겐 모두가 신기할 뿐이었다.

금남로 쪽으로 나오자 극장이 있었다. 토요일이라 그런지 극장 앞에는 사람들이 붐볐다. 특히 청년들이 많았고, 잘 차려 입은 아가씨들도 보였다.

내가 사람들을 구경하느라고 넋이 팔려 있는 사이에

식이가 어디론가 사라지고 없었다. 나는 가슴이 덜컥 내려앉았다.

'아이고. 나 혼잔 집도 찾아가지 못하는디……. 우리 누나가 심장마비로 죽는다고 했는디…….'

나는 다급하게 사방을 두리번거렸다. 그때, 극장 안에서 손짓을 하는 아이가 보였다. 식이였다. 어느새 몰래 극장 안으로 들어간 모양인데, 나한테도 자기처럼 안으로 들어오라는 신호를 보내 왔다.

하지만 나는 자신이 없어 고개를 저었다. 그러자 식이가 청재킷을 입을 한 청년을 가리켰다. 그 청년 뒤에 바짝 붙어서 들어오면 통과할 수 있다는 시늉이었다.

나는 시키는 대로 청년 뒤에 붙어 섰다. 영화가 보고 싶어서가 아니라 식이를 놓치지 않기 위해서였다. 그러나 나는 금방 들키고 말았다.

"인마. 너 표 있어?"

내가 고개를 젓자, 극장 문지기는 나를 쫓아냈다. 나는 얼른 식이를 향해 소리쳤다.

"여그서 기다릴께!"

하지만 식이는 저 혼자 영화를 볼 만큼 무정한 아이가

아니었다. 좋은 기회를 놓쳤다고 투덜거리긴 했지만 자기도 이내 나오고 말았다. 그러고는 나를 빤히 쳐다보더니 이렇게 물었다.

"형. 전에 우리 엄마한테 일러바친 것 땜시 내가 많이 미웠제?"

식이도 그게 마음에 걸렸던 모양이었다. 나는 고개를 저으며 대답했다.

"아녀. 내가 시킨 것인디. 뭐."

"그것 땜시 텔레비도 못 봐서 나를 원망했제?"

"원망이 뭣인디?"

"나 땜시 지청구 들었은께 미워지는 것 말여."

"쬐끔 그렇긴 혔는디. 지금은 아녀."

"글믄 우리 미안했던 일은 서로 비긴 것이여. 나는 형 땜시 영화도 못 보고 나왔은께 이번엔 형이 미안하제?"

"그려."

"전에는 내가 미안했은께 서로 미안한 일 풀어 버리자는 것이여. 좋제?"

"그려. 그려."

그런 이야기를 하는 사이 극장 앞은 어느새 횅하니 비

었다. 벌써 상영이 시작된 것이었다.

"저 위로 가믄 철길이 있거든. 우리 거기까지만 갔다 집에 가."

식이가 먼저 걸음을 옮겼다. 조그만 녀석이 뒷짐까지 지고 걷는 것이 그렇게 의젓해 보일 수가 없었다. 말은 태어나면 제주도로 보내고 사람은 서울로 보내라 한다더 니. 녀석은 도시에서 태어났다고 벌써 저렇게 약빠르고 또 늠름했다. 나는 슬며시 녀석의 어깨에 팔을 걸었다.

철길 앞에 이르자 날이 어두워지기 시작했다. 나는 그 만 걱정이 되었다. 사방이 캄캄해지면 식이도 길을 잃을 지 몰랐다.

"그만 집에 가자고."

식이는 순순히 발길을 돌려 주었다. 그러나 다시 큰길 로 나왔을 때 식이가 말했다.

"형. 밤에는 불빛이 번쩍번쩍한 곳이 많아. 우리 그 휘 황찬란한 거리로 가 볼까?"

"거기가 어딘디?"

"아래쪽으로 내려가면 금남로, 황금동이여. 시방 가 볼 까나?"

"아녀. 시방은 배가 고픈께 다음에 가자."

나는 마음이 바빠지기 시작했다. 토요일은 누나가 일찍 돌아온다. 그런데 내가 집에 없으면 놀라서 사방으로 찾으러 다닐지도 모른다.

"싸게싸게 걷더라고."

우라는 허기진 데다 다리도 아팠지만 집을 향해 부지런히 걸었다.

집으로 돌아오니 누나는 동태찌개를 끓이고 있었다. 걱정했던 것만큼 늦지는 않았던지. 누나는 밥상을 들고 들어오며 어서 먹으라고 다정하게 말했다. 그리고 생선 뼈를 발라 그 살점을 내 밥그릇 위에 올려 주었다.

"아이고. 잘 먹는다. 우리 기열이. 이렇게 잘 먹고 미루나무처럼 숭숭 자라면 낼모레 곧 대학생이 되겠제?"

이렇게 부추기기까지 해서 나는 배가 장구통이 되도록 먹어 댔다. 수저를 놓았을 때는 배가 너무 불러 그만 드러눕고 싶었는데. 그때 누나가 말했다.

"직장 바꿨다. 월요일부터 꽃집에 나가기로 했어. 공장보다 월급이 많은께. 이제부턴 책이랑 공책을 충분히 사 줄 수 있어. 니한테도 여기 아이들처럼 하얀 스타킹에 세련된 바지를 사 입힐 수 있을 것이고."

배가 그렇게 부른데도 하얀 스타킹에 세련된 바지라는 말은 잘도 들려, 나는 얼른 맞장구를 쳐 주었다.

"그려, 월급 타면 새 바지부터 사 줘!"

"그러고말고. 근디 말이여, 한 가지 흠이 있어. 퇴근 시간이 늦는다는 것인디. 월급을 많이 받자면 오래 일을 혀야 한다는 것이여."

졸음이 쏟아져 왔다. 그날 처음으로 했던 원정이었던지라 피곤했던 것이다. 누나가 계속했다.

"근께 기열아. 누나가 밥상을 차려 두고 나가면 니가 점심 저녁까지 손수 다 챙겨 먹어야 혀. 그럴 수 있겠제?"

그 말을 듣긴 했으나 이미 대답할 수가 없었다. 눈과 입에 잠이 풀처럼 들러붙어 버렸기 때문이었다. 마침내 누나도 알아채고 나를 자리에 눕혔다. 그리고 물수건을 가져와 내 얼굴과 손을 닦은 다음 이불을 덮어 주었다.

내가 광주로 온 뒤부터 누나는 내게 엄마처럼 굴었다. 밤에 잘 때 내가 잠꼬대라도 하면 살며시 끌어안고 토닥여 주기도 했다.

누나는 나를 속였다

4월 중순이었다. 식이와 나의 도시 탐험은 토요일마다 계속되어, 황금동과 금남로를 비롯해 여러 곳을 돌아보았다. 극장도 세 군데나 더 찾아냈다. 큰 예식장도 보았고, 춤추는 디스코장 앞도 돌아보았다.

거리에 나오면 우리는 번쩍거리는 불빛에 현혹되어 마른침을 삼켰다. 어서 어른이 되어 우리도 그런 놀이를 즐기고 싶었다. 식이는 신랑이 되어 멋진 양복을 입고 예식장에 가는 것이 장래의 포부였고, 나는 날마다 극장에 가서 영화를 보는 것이 소원이었다.

아니, 솔직히 나도 예식장 앞에 가면 어서 커서 신랑

이 되고 싶었다. 눈처럼 흰 드레스를 입은 신부를 맞이하고 수많은 하객들의 축하를 받으며 걸어가는 그런 신랑 말이다. 정말 그렇게 된다면, 내 신부는 온통 꽃으로 치장될 것이다. 꽃집에 다니게 된 뒤로 누나는 날마다 꽃을 가져와 내 책상에 꽂아 두었다. 그러니 누나는 더 아름다운 꽃들로 단장시켜 줄 것이고, 나는 으스대면서 신부의 손을 잡을 것이다.

그러나 극장 앞에 가면 또 마음이 달라졌다. 머리를 잘 빗어 넘기고 잔뜩 멋을 부린 형들이 부러웠다. 나도 그들처럼 맘대로 영화관을 들락거리는 그런 자유스런 청년이 되고 싶었다.

그러던 어느 날이었다. 날이 저물어 갈 무렵 우리는 황금동을 지나갔다. 거리의 쇼윈도에 반짝반짝 불이 켜지기 시작했다. 식이가 양장점 마네킹 앞으로 다가갈 때 나는 저만치 앞에서 가고 있는 어떤 여자를 보았다.

그 여자는 짧은 치마에 뾰족구두를 신었다. 윗도리도 속내복같이 달라붙은 빨간색이었고, 손에는 마호병을 들고 있었다. 한마디로 아주 야한 차림의 여자였는데, 그럼에도 어딘가 눈에 익은 모습이었다.

마침내 그 여자가 어느 건물로 들어가는데. 그때 옆모습이 보였다. 그 얼굴은 내게는 너무도 친숙한 사람. 바로 누나였다. 옷이나 머리는 전혀 다른 사람이었지만 틀림없는 누나였다. 나는 얼른 건물 위를 올려다보았다. 거기에 '황금다방'이라는 간판이 보였다.

"형. 뭘 보고 있어?"

식이가 다가오며 물었다. 나는 얼른 그 애의 손을 잡아끌고 뒤돌아섰다. 혹시 누나가 다시 나올지 몰랐고, 누나의 그런 모습을 식이에게 들키고 싶지 않았다.

"형. 어딜 가는 것이여?"

한참을 그렇게 끌고 가자 식이가 팔을 빼내며 물었다.

"응. 집에……."

"그쪽은 집으로 가는 길이 아니잖여?"

"길을 건너서 가려고……."

마침 바로 앞에 건널목이 있었다. 내가 먼저 길을 건너자 식이도 의심 없이 따라왔다.

우리는 큰길을 따라 내려오기 시작했다. 집으로 가는 길이 다른 데도 있다면 좋으련만 다른 길을 알지 못했다. 다시 황금다방이 가까워졌다. 길 건너편이긴 해도 나는 걱정이 되어 식이의 어깨를 감싸고 걸음을 빨리했다.

식이가 나보다 키가 작다는 것이 얼마나 다행이던가. 나는 식이 얼굴을 내 어깨로 가리고 힐끔 건너편을 보았다. 다방 건물은 2층에 있었다. 유리문 안으로 계단이 있었는데. 다방은 그 계단으로 해서 올라가는 모양이었다. 누나가 들어간 곳은 다방이 틀림없었다.

'다방? 꽃집으로 직장을 옮긴다더니. 다방?'

차 배달하는 다방 아가씨는 술집 여자와 같다던 반 아이들 이야기도 생각났다. 배신감이 거품처럼 부글부글 끓어올랐다.

'월급 많이 받으려고 꽃집에서 늦게까지 일한다더니, 꽃집이 아닌 다방에서? 날 밤늦도록 팽개쳐 두고 남자들이랑 놀려고 그딴 짓거릴 한단 말이여?'

나는 집까지 걸어오는 동안 내내 그 생각만 했다. 속았다는 배신감과 분노가 내 작은 머리를 폭발시킬 것만 같았다.

'내가 길을 잃으면 심장마비가 걸려서 죽는다더니 자기는 그딴 짓거리나 해?'

내가 집으로 들어가는 골목까지 지나치자 식이가 알려

주었다.

"형. 이쪽이야."

"그려……."

대문 앞에 이르자 식이가 물었다.

"형. 오늘 어째 그려? 어디 아퍼?"

"응. 골치가 아퍼."

대문 안으로 들어와서 우리는 헤어졌다. 나는 방으로 들어오자마자 먼저 내 책상의 꽃부터 바닥에 패대기를 쳤다. 그리고 꽃들을 지근지근 밟아 댔다. 노랗고 빨간 꽃들이 내 발밑에서 짓이겨졌다.

'흥. 꽃집에서 일을 열심히 해서 만날 꽃을 준다고? 이건 남자들이 준 것이여. 남자들한테 받은 더러운 꽃을 내 책상에 꽂은 것이여.'

나는 방바닥에 털퍼덕 주저앉았다. 상 옆에 놓인 전기밥통이 눈에 들어왔다. 배가 고팠던 나는 밥통 쪽으로 다가가려다가 주춤 멈추었다 그 밥통마저 갑자기 불결해 보였다.

'저 전기밥통도 전에 다니던 회사에서 가져왔다고 했는데. 그것도 거짓말이여. 진즉부터 다방에 나가 놓고

우리 모두에게 거짓말한 것이여.'

엄마가 아버지한테 당부하던 말도 생각났다.

"광주에 가면 정말로 공장에 댕겼는지, 그 공장을 꼭 확인하고 오시오."

아버지가 누나와 함께 광주로 오던 날, 엄마는 그렇게 속삭였다. 그러니까 그때 엄마는 누나를 믿지 않았던 것이다.

'그려, 엄마한테 다 일러야 혀. 그리고 나는 나쁜 누나와 살 수 없다고 말할 것이여.'

불쑥, 그 다방에 다시 가 봐야겠다는 생각이 들었다. 두 눈으로 직접 확인한 다음에 일러야만 부모님이 믿을 것 같았다.

나는 돼지 저금통을 뜯어 십 원짜리 동전 열 개를 꺼냈다. 밤인데다 또 혼자니까. 버스를 타고 갔다 오는 것이 안전했다.

나는 방문을 잠그고 살그머니 대문 밖을 나섰다. 밖으로 나오자 별안간 막막해졌다. 그러나 가야 했다.

버스에서 내려 황금다방으로 올라갔다. 가만히 문을 열고 안을 들여다보니, 저 안쪽 자리에서 누나가 남자들과 앉아 있었다. 아까 본 그 옷차림이었으나 등만 보였다. 그런데 옆에 앉은 남자가 누나의 어깨 위로 손을 올려놓고 있었다. 나는 울컥 토악질이 날 것 같은데도 누나는 웃기까지 했다.

그때, 등 뒤에서 한 떼거리의 손님들이 올라왔다.

"꼬마야, 여기서 뭐 하냐?"

나는 대답하는 대신 옆으로 물러났다. 손님들이 문을 활짝 열고 들어가자, 누나가 자리에서 벌떡 일어나면서 인사를 했다.

"어서 오세요."

순간, 우리의 눈이 마주쳤다. 나를 본 누나는 그 자리에서 얼어붙었고, 나는 돌아서서 계단을 뛰어 내려왔다.

버스에 올랐다. 배신감에 두 다리가 후들거렸고, 가슴은 찢어지듯 아팠다. 나는 이제 혼자였다. 의지할 사람을 잃었으니 고아나 마찬가지였다. 눈물이 쏟아졌다. 이 넓고 넓은 천지에 내동댕이쳐진 가련한 신세였다.

버스에서 내리면서 나는 생각했다. 시골로 돌아가리라. 그런 불결한 누나랑은 더 이상 살 수 없으니 내일 당장 돌아가리라.

나는 집으로 돌아오자마자 보따리를 싸기 시작했다. 정말이지. 누나가 얻은 이 방에서 더 이상 살고 싶지 않았다.

"그려. 못된 짓거릴 하면서 잘 살아라. 누나 혼자 잘 살아라!"

나는 그렇게 중얼거리면서 비키니 옷장에서 바지와 속옷까지 다 꺼냈다. 양말들은 방 안에 걸어 둔 빨랫줄에 널려 있었다. 내가 까치발을 하고 양말들을 걷어 내고 있는데, 누나가 돌아와 문을 열었다. 나는 본 척도 하지 않았다. 누나는 방바닥에 널려 있는 내 옷가지와 보자기를 보고는 금방 울 듯이 말했다.

"기열아. 너 시방……."

"그려. 난 갈란께 혼자서 잘 살더라고. 난 엉덩이에 뿔 난 여자랑은 더 이상 살 수 없은께……."

바람둥이 여자들을 일러 어른들은 엉덩이에 뿔 난 가시나라고 했다.

"그건 또 뭔 소리란가? 기열아. 난 엉덩이에 뿔 난 가시나가 아녀."

"거짓말 말어. 내가 봤는디? 남자들이랑 앉아 있는 걸

봤단 말여!"

"그 사람들은 손님들이여. 차 마시러 온 손님들이라고."

"근께 어서 그 손님들한테 가란 말여!"

나는 그렇게 말하고 보따리를 마저 쌌다. 누나는 내가 싸던 보따리를 잡아챘다. 나도 달려들어 보따리를 뺏었다. 누나가 다시 가로채며 말했다.

"기열아, 내 이야기를 들어 봐. 니는 집에 갈 수 없어."

"내가 우리 집에 간다는디, 왜 갈 수 없다는 것이여?"

"대학 갈 때까진 절대로 돌아갈 수 없어."

"듣기 싫어, 그딴 소리는."

"그려, 누나가 먼저 사과할 것이여. 꽃집에 나간다고 하고서 다방에 취직한 건 잘못이여."

"거짓말쟁이랑은 살기 싫단 말여."

"하지만 꽃집 월급으로는 저금을 할 수가 없었어."

"듣기 싫다는데 왜 자꾸 그려? 어서 내 보따리나 내 놔!"

"듣기 싫어도 들어야 혀!"

듣지 않으려고 귀를 틀어막았지만, 누나는 내 손을

떼며 말했다.

"내 말 좀 들어 보란께. 우선 중학교만 해도 등록금이 목돈이여."

"그것이 나랑 뭔 상관이여!"

"그 돈은 지금부터 준비해야 된단 말여. 그래서 다방에 나가면서 니 학자금 보험부터 들은 것이여."

"누나가 왜? 엄마 아부지도 계신데……."

"엄마 아부지는 그렇게 넉넉하지 않어. 논이라곤 서마지기밖에 없잖여? 그나마 밭들도 모두 얻어서 짓는 것이고."

"어째 그려? 대학 보낼 소도 있는디?"

"그려, 그것이 전부여. 하지만 그것만으로는 안 되야. 내가 대학생들에게 알아봤는디. 모두 논 열 마지기 이상은 있는 집안 사람들이여. 그래서 내가 직업을 바꾼 것이여. 내가 지금부터 준비하지 않으면 넌 대학에 갈 수 없단께."

"그럼 대학에 안 갈 것이여."

"아녀, 그런 말은 절대로 하면 안 되야. 넌 대학에 꼭 가야 되야. 근께 제발 3년만 참아 줘. 누나. 차 심부름은

하지만 절대로 허투루 살진 않어. 그건 참말로 맹세할 수 있어야. 참말로."

나는 그때쯤 기운이 빠졌다. 갑자기 피곤해지면서 눈도 가물거렸다. 내가 벽에 등을 기대자 누나가 내 무릎을 잡고 애원조로 말했다.

"근께 기열아. 엄마 아부지한텐 절대로 말해선 안 되야. 니가 중학교에 갈 때까지만이라도 말어. 니 장래를 위해서도 그래야 혀……."

나는 그만 방바닥에 눕고 말았다. 졸려서 더 이상 앉아 있을 수도 없었다.

무등산 초입에서

한 달이 지났다. 그동안에도 식이와 나의 도시 모험은 계속되었다. 그러나 우리는 더 이상 번화가로는 나가지 않았다. 또다시 누나를 만날까 두려웠기 때문이었다. 대신 사직공원이나 광주학생독립운동 기념비, 뭐 이런 곳을 다녔다.

그런 곳에 원정을 다녀도 나는 별로 즐겁지가 않았다. 어디를 가든 나는 버림을 받았다는 생각이 머릿속에서 떠나지 않았다. 그랬다. 나는 한 마리의 새끼 사자였다. 벼랑 아래로 던져진 그런 새끼 사자 말이다.

내가 그렇게 생각한 것은 부모님에 대한 실망감 때문

이었다. 정말이지 나는 부모님을 단단히 믿었다. 나를 대학도 보내고 유학까지 보내 줄 수 있는 능력을 가진 것으로 알았다. 내 장래를 위해서라면 무엇이든 충분히 베풀 수 있을 것으로 여겼다. 그러나 고작 소 한 마리였다.

'그려. 능력이 없은께 나를 벼랑으로 내던지듯이 누나에게 넘긴 것이여. 그런 누나조차도 다방 아가씨고.'

그즈음 내 소견은 쥐 오줌통보다 더 작았던 것일까. 나는 누나가 다방 아가씨라는 것이 매우 기분 나빴고, 자존심이 상했다. 집에 있는 것조차 싫어졌다. 불결한 누나가 밥과 빨래를 해 주는 것도 짜증이 났고, 가끔 빨랫줄에 걸린 누나의 속옷을 보는 것도 토악질이 날 지경이었다.

그래서 나는 토요일과 일요일 내내 바깥으로 돌았다. 대부분 식이와 함께였고, 그 애가 나가지 못할 땐 나 혼자라도 돌아다녔다.

그날도 식이와 나는 아침 10시쯤 집을 나섰다. 일요일이었고, 5월 18일이었다. 우리는 방송국으로 갈 참이었는데, 계획을 세운 건 전날이었다. 서동에 있는 MBC와 사직공원 근처에 있는 KBS까지 다 돌아보려면 시간이

많아야 한다는 계산에서 우리는 하루 종일 놀 수 있는 일
요일을 잡은 것이다.

우리는 먼저 서동으로 향했다. MBC로 가려면 금남로
의 큰길을 건너야 했다. 그때, 식이가 오늘 재수가 좋으
면 배우도 볼 수 있을 텐데 누가 제일 보고 싶냐고 물었
다. 나는 텔레비전에서 본 사람이면 누구라도 좋다고 대
답했다.

"나도 그려. 누구든 만나면 우리 만세를 부르자고."

"좋지!"

우리는 그렇게 희희낙락거리며 금남로의 큰길로 나왔
다. 그런데 거리 곳곳에 많은 사람들이 모여 있었다. 사
람들이 큰 소리로 떠들면서 점점 모여들어 사방을 두리
번거렸다. 무슨 운동회나 행사에 가려는 사람들은 아닌
것 같았다. 길을 건너도 마찬가지였다.

나는 이상한 기분을 느꼈다. 식이도 마찬가지였는지
내 팔을 잡아끌며 말했다.

"형. 우리 방송국 말고 다른 데로 가."

"그려, 근디 어디로 갈까?"

"버스 타고 무등산에 가. 거기엔 저런 사람들이 없을

것이여."

나는 버스 정류장으로 등을 돌리며 호기롭게 말했다.

"그려, 버스 타러 가자. 나한테 차비도 있은께."

그 무렵 나는 돼지 저금통을 바닥내고 있었다. 누나가 모른척하고 동전을 넣어 두면, 나는 그걸 꺼내 다 써 버리곤 했다. 세상 낙이라곤 다 잃어버린 내가 저금통을 채워서 뭘 한단 말인가. 그래서 그날도 잔돈을 모두 털어서 나온 터였다.

우리는 '무등산 입구'라고 쓰인 버스에 올랐다. 일요일이어서 손님이 거의 없었다. 식이와 나는 양쪽 창가 하나씩을 독차지하고 앉아 시가지를 바라보았다. 저쪽 창가에 앉은 식이가 별안간 나를 불렀다. 전남대 병원 앞을 지날 때였다.

"뭣이다냐?"

식이 쪽으로 옮겨 가서 창 밖을 내다보니 대학생 한 떼거리가 어디론가 달려가고 있었다. 모두들 잔뜩 긴장한 것 같았다. 우리 같은 어린이들이 다가가면 당장 야단을 칠 것 같은 그런 분위기였다.

"무등산까지 가 보고 거기에도 저런 사람들이 있으면

그냥 집으로 돌아가자고."

식이가 걱정이 되는지 그렇게 말했다. 큰맘 먹고 나온 일요일이라서 그냥 돌아가기 싫었지만. 나는 그러자고 대답했다.

버스가 무등산 입구에 도착했다. 우리는 내리지도 않고 차창 밖을 살펴보았다. 화사한 옷을 차려입은 사람들이 웃거나 떠들면서 산길을 오르고 있었다. 봄나들이 온 사람들이었다. 우리는 안심하고 버스에서 내렸다.

식이와 나는 떼지어 가는 상춘객들을 바라보다가 그 뒤를 따르기로 했다. 산길 초입으로 들어섰는데. 산길은 가파르지 않은 비탈이었다. 왼쪽으로는 가게들이 붙어 있었고. 오른쪽은 개울이었다.

어디에나 처음 간 곳은 볼거리가 많았다. 내가 식당에 모여 앉은 사람들을 힐끔거리는데. 식이는 개울가에 핀 꽃에 더 관심을 가졌다.

"형. 저기 꽃 좀 봐!"

식이가 가리킨 개울 둑 아래에는 흰 제비꽃과 호롱초가 가득 피어 있었다.

"형. 집에 갈 때 꺾어 가자."

"싫어."

"울 엄마가 꽃을 좋아하는디?"

"그건 니 사정이여."

나는 그렇게 퉁박까지 주었다. 누나한테 속은 뒤로는 꽃만 봐도 진저리가 났다. 나는 새삼 부아가 치밀어 성큼성큼 앞서 걸어갔다.

문빈정사 앞에 이르자 슬슬 배가 고파졌다. 절에 가면 밥이나 떡을 얻어먹을 수 있다던 말이 떠올랐다. 만약 그럴 수 있다면 내 돈으로는 돌아가는 길에 번데기를 사 먹을 수도 있다는 생각을 했다.

식이의 손을 잡고 절 안으로 들어가 부엌을 찾는데, 먼저 보인 것은 연등을 만드는 방이었다. 그 방에는 여러 어른들이 둘러앉아 창호지 등에 종이 연꽃을 붙이고 있었다. 식이가 방 안을 들여다보며 물어보았다.

"그건 누구 주려고 만든다요?"

식이는 호기심이 많아 무엇이나 그렇게 알고 싶어 했다. 한 아주머니가 대답했다.

"부처님께 드리려고 그러제."

"부처님이 그런 꽃을 좋아하신다요?"

"이건 꽃이 아니고 연등이여. 내일모레면 부처님 생신인께."

부처님 오신 날에는 연등을 단다는 것을 나는 그때 알게 되었다. 그러니까 지금 어른들은 부처님께 바칠 연등을 만들고 있는 중이었다. 식이는 사람 손으로도 꽃을 만들 수 있다는 것이 신기한지 문지방 앞에 쭈그리고 앉아서 열심히 바라보았고. 나도 한동안은 아주머니들의 손놀림에 열중했다. 모두들 정성스레 연꽃을 접고 또 등을 씌웠다. 그러나 나는 금방 지루해졌다. 처음에는 창호지가 꽃이 되고 또 등으로 만들어진다는 것이 신기했지만. 똑같은 동작만 반복되었다.

나는 식이를 끌어당기며 이렇게 죽치고 있느니 먹을거리를 찾아보는 것이 낫겠다고 속삭였다. 우리는 대웅전쪽으로 올라갔다. 돌계단 저쪽 비탈 옆에 앵두나무가 있는 것을 보았다. 나는 얼른 식이 귀에 대고 소곤거렸다.

"저기 앵두나무 있다. 가자!"

우리는 스님들의 눈을 피해 앵두나무로 다가가서 그 붉은 열매를 따 먹기 시작했다. 앵두는 시거나 떫은 것들이 많았지만 배가 고파 그것도 감지덕지였다.

그날 오후까지 우리는 절에서 놀았다. 다행히 부엌에서 일하는 아주머니에게 누룽지도 얻어먹었다. 아주머니는 집이 어디냐고 물어보고, 초파일에 오면 떡도 먹을 수 있다고 일러 주었다.

절에서 내려오면서 식이와 나는 그날 꼭 다시 오자고 약속을 했다. 초파일은 수요일이지만, 그날은 학교에 가지 않으니 곧장 이리로 와서 떡을 얻어먹자고 했다.

산길 초입까지 내려왔을 때는 해가 서쪽으로 한껏 기울어져 있었다. 식이와 나는 서둘러 버스 정류장으로 향했다. 작은 다리만 지나면 번데기 장사도, 버스도 있을 것이었다. 우리가 막 그 다리를 건너가는데, 다리 저쪽에서 중학생쯤 되어 보이는 학생이 자전거를 타고 건너오는 것이 보였다.

그때, 한 군인이 중학생을 불렀다. 개울 건너편에는 개구리 군복을 입은 여러 명의 군인들이 서 있었다. 중학생은 자전거를 휙 돌리더니 그만 달아나기 시작했다.

"이 새끼, 멈추지 못해!"

군인이 긴 밧줄 같은 것을 빙빙 돌리더니 자전거 쪽으로 던졌다. 명중이었다. 자전거가 넘어지자, 군인은 그쪽으로 달려가 짐칸에 묶여 있던 신문 뭉치부터 끌러 냈다. 소년이 몸을 일으키면서 항의했다.

"그건 배달할 신문이란께요."

그러나 군인은 신문들 속에서 다른 종이 뭉치를 끄집어냈다.

"이것 봐라. 이건 유인물이잖아?"

"난 모른단께라."

군인은 소년의 등을 잡아채고 개울가로 끌고 갔다. 그리고 다른 군인들이 서 있는 개나리 덤불 앞에 소년을 세워 놓고 다그치기 시작했다.

"솔직히 대답해. 이 유인물 어디서 나왔지?"

"모른단께요. 대학생 형들이 넣은 모양이……."

"대학생 형? 어느 대학교? 조선대학? 전남대학?"

"난 몰라요."

"너 바른말 하지 않으면 오늘 집에 못 간다."

"난 이 신물들 배달해야 된단께요. 독자들이 기다린단 말이어요."

"그러니까 신문을 넣는 집마다 이 유인물도 함께 넣으라고 대학생들이 시켰지?"

"예. 그랬어라우. 근께 그 유인물인가 하는 것은 아저씨들이 가지시고 신문만 돌려주세요. 배달 시간 늦었단께라."

한 군인이 우리들을 향해 빽 소리를 질렀다.

"꼬마들이 뭘 보고 있어? 어서 가지 못해!"

우리는 놀라서 버스 정류장으로 뛰었다. 버스를 타고 나서도 좀체 진정이 되지 않았다. 그런데 시내에 가까워질수록 분위기가 점점 더 이상했다. 수많은 사람들이 거리로 떼지어 몰려다니면서 큰 소리로 뭔가를 외쳐 대는가 하면, 군인들이 곤봉을 들고 돌아다니기도 했다. 마치 전쟁이라도 난 것 같았다. 나는 식이의 손을 꼭 잡으며 말했다.

"우리는 무사히 집에 가야 되어야."

식이가 고개를 끄덕였다. 그 애도 많이 놀랐는지 손에 땀이 축축했다.

그날 밤, 다른 날보다 일찍 돌아온 누나는 내게 잠자리를 펴 주면서 말했다.

"내일은 학교에 가지 마라."

"왜?"

"사람들이 그러는디. 학교는 휴교를 할 거래. 뭐. 그러지 않아도 니는 문밖에 나갈 생각도 마."

이 말과 함께 누나는 불을 끄고 자리에 누웠다.

초파일 전날

월요일은 물론 화요일에도 나는 학교에 가지 못했다. 화요일 점심때 식이가 방에 들렀다. 내일은 초파일이라 학교에 안 가니. 아침 일찍 절에 떡이나 얻어먹으러 가자고 했다. 나는 누나가 밤에 돌아오면 지갑에서 차비를 훔쳐 두겠다는 계획까지 세워 놓았다.

그러나 이 계획은 물거품이 되고 말았다. 저녁 무렵이 되자 안집 아주머니는 아기와 식이를 데리고 서둘러 집을 떠나 버렸다. 대전에 있는 외가로 간다고 했는데. 지금 생각해 보니 공무원이었던 식이 아버지가 미리 사태를 알고 대피시킨 것 같기도 했다.

그리하여 집에는 나 혼자만 남게 되었다. 정적이 깃
든 집에 어둠까지 묻어오자 나는 그만 무서워졌다. 누나
도 언제 돌아올지 알 수가 없었다. 나는 빈집이 싫어 대
문 밖으로 나가서 골목 바깥쪽을 내다보았다. 지나다니
는 사람이 없었다. 괴괴한 정적과 어둠만이 괴물처럼 골
목 안으로 슬금슬금 기어오고 있었다.

나는 다시 대문 안으로 들어왔다. 집 안이 바깥보다는
나을 것 같아서였다. 하필이면 그때, 안집에서 전화벨 소
리가 자지러지게 울려 댔다. 나는 깜짝 놀라서 하마터면
주저앉을 뻔했다. 빈집에서 울리는 전화벨 소리가 무섬
증에 시달리는 나에겐 불자동차 소리보다 더 크게 들려
온 것이었다.

나는 쫓기듯 다시 대문 밖으로 나갔다. 마침 골목으로
들어오는 사람이 있었다. 누나였다. 얼마나 반갑던지 눈
물마저 왈칵 쏟아질 것 같았다.

"아니, 열아, 왜 여기에 서 있냐?"

"집이 비었은께 그라제."

나는 덥석 안기고 싶을 만큼 반가우면서도 시큰둥하게
대답했다.

"누나가 일찍 온다 혔잖여."

"누가 우리 집 말인가? 안집이 비었단 말여."

내가 먼저 대문 안으로 들어섰다. 그때. 안집에서 또 전화벨 소리가 울렸다. 불 꺼진 집에서 전화벨만 울리자 그제야 누나도 어찌된 사정인지 알아차린 듯했다.

"안집 식구들은 언제 다 나갔냐?"

"아까."

나는 안집 사람들이 대전 외가에 갔다는 말도 덧붙였다. 집까지 비고 보니 이제 의지할 사람은 누나밖에 없었다. 미운 생각 따위는 잠깐 접어 두고 실속부터 챙겨야 한다는 생각도 했다.

"얼른 저녁 줘."

"그려, 어서 들어가자. 누나가 부꾸미 부쳐 줄 텐께."

누나는 찬장에서 찹쌀가루를 꺼내 물에 개고. 석유곤로에 불을 붙였다. 그리고 프라이팬에 기름을 두르고 부꾸미를 부치기 시작했다. 나는 설탕에 찍어 먹는 부꾸미를 아주 좋아했다.

누나는 구워지는 대로 접시에 담아 내 앞에 내밀었고, 나는 주는 대로 먹어 댔다. 그럴 땐 안집이 비었거나 바깥세상이 심상치 않다는 것 따위는 아무 문제도 되지 않았다.

그러나 너무 많이 먹었는지 긴장감이 풀리면서 스르르 잠이 오기 시작했다. 많이 먹으면 꼭 잠이 오는 것은 나의 이상한 버릇이자 불리한 약점이기도 했다.

얼마나 잤던 것일까. 오줌이 마려워 깨어 보니 나는 이불 속에서 자고 있었다. 누나가 옷을 벗기고 재운 모양이었다. 나는 요강을 당겨 오줌을 누고, 다시 자리에 누웠다. 그런데 옆이 허전했다. 더듬어 보니 누나가 없었다. 더럭 의심이 찾아왔다. 나를 재워 놓고 자기는 또 다방 남자들을 만나러 간 것인가?

'아녀, 어쩜 화장실에 갔을 것이여.'

나는 얼른 불을 켜고 밖을 향해 소리쳤다.

"누나! 거기 있어?"

화장실은 대문 옆에 있어서 내가 부르는 소리가 들릴 텐데도 누나는 대답하지 않았다. 와락 무서워졌다. 그 무서움이 모기처럼 내 온몸을 깨물어 대는 듯했다. 나는 얼른 옷을 챙겨 입고 밖으로 나갔다. 마당은 온통 캄캄했다. 그 어둠이 커다란 마귀의 입이 되어 나를 삼켜 버릴 것만 같았다. 머리카락도 쭈뼛이 곤두섰다. 나는 부리나케 대문을 열고 밖으로 나갔다.

하지만 대문 밖 골목도 컴컴했다. 그렇다고 골목 밖으로 나갈 용기도 없었다. 나는 대문에 등을 대고 서서 하늘을 올려다보았다. 초승달이 걸려 있었다. 초승달도 나만큼이나 무섭고 외로운지 혼자 떨고 있었다. 어디선가 개 짖는 소리가 들려왔다.

'어이쿠. 도둑인가?'

골목길 저쪽을 살펴보았지만 텅 비어 있었다. 그 빈 골목으로 도둑이 달려온다면 어쩌나? 그 전에 대문을 잠가야 한다는 생각을 했지만 두 다리가 벌벌 떨려 움직일 수가 없었다.

그때, 골목길 밖으로 사람들이 우르르 뛰면서 지나갔다. 여럿이었다. 나는 쭈뼛거리다가 용기를 내서 골목길 앞으로 나가 보았다. 저 아래쪽에서도 여러 사람이 모여 걸어오는 것이 보였다. 무슨 일인지 사람들은 뛰거나 걸으면서 모두 한 방향으로 가고 있었다. 어쨌거나 나는 사람들을 보는 게 반가워서 시간이라도 묻는 척하며 함께 따라붙고 싶었다. 그것이 빈집에서 혼자 공포에 떠는 것보다 훨씬 나았다.

또 한 무리의 사람들이 지나갔다. 나는 시간을 묻는 대신 그냥 그들 뒤를 슬며시 따라갔다. 큰 거리의 쇼윈도는 모두 불이 꺼져 있었고, 차도 별로 다니지 않았다. 남자들은 잠깐씩 멈추어 담배에 불을 붙여 물기도 하며 부지런히 한 방향으로 걸어갔다. 모두 너무도 빨리 걸었다. 나는 숨이 차 가끔 걸음을 늦추기도 했지만, 그들을 놓쳐도 뒤에서 몰려오는 사람들 때문에 혼자 버려질 염려는 없었다.

그렇게 하면서 도착한 곳은 도청 앞이었다. 놀랍게도 그 앞에 이미 수많은 인파가 모여 있었다. 모두들 꼿꼿이 서서 도청 건물을 바라보고 있었다. 무엇을 그렇게 바라보는지 궁금해서 나는 사람들을 헤치고 앞으로 가 보았다. 도청 건물 바로 앞에 총을 든 군인들이 꼿꼿이 서서 인파를 바라보고 있었고, 그 앞에는 사람들을 막기 위해 육중하게 쌓아 올린 방어벽이 설치되어 있었다.

왜 이 밤에 모두들 이러고 있는 것일까? 그때, 한 군인이 하늘을 향해 뭔가를 쏘아 올렸다. 파란 불꼬리가 공중으로 날아오르는 것이 그렇게 황홀할 수가 없었다. 이제 알 것 같았다. 도청 앞에서는 지금 무슨 축제를 여는 것이고. 그래서 사람들이 잠도 자지 않고 모여든 것이었다. 어쩌면 누나도 그 구경을 하려고 여기에 와 있는지도 몰랐다.

나는 다시 뒤로 물러나 사람들을 헤치고 다니며 누나를 찾았다. 누나도 여기에 있을 것이었다. 밤에 열리는 축제라 나를 재워 두고 혼자 왔을 것 같았다. 그걸 증명이라도 하듯. 사람들 사이에는 누나 같은 처녀들도 더러 끼어 있었다. 마침내 누나와 비슷한 아가씨가 보였다. 내가 막 그쪽으로 다가갈 때였다. 다시 군인들이 탕탕 불꽃을 쏘았다. 이번에는 모든 사람들이 일제히 땅바닥에 엎드렸다. 이번 것은 하늘로 솟아오르지 않았고, 뒤이어 매캐한 연기가 사방에서 번져 왔다.

나는 숨이 막혀 견딜 수가 없었다. 내가 숨 쉴 곳을 찾아 뒤쪽으로 달려가는데 어디선가 확성기 소리가 들려왔다. 여자 목소리였다.

"최루탄 쏘지 마세요. 우리는 맨주먹입니다."

그러자 처음과 같은 불꽃들이 하늘로 치솟았다. 불꽃

이, 그 아름다운 불꽃들이 하늘을 수놓았다. 최루탄은 군인들이 실수로 쏘았고, 그래서 이제는 미안하다고 사과하듯 다시 불꽃놀이 총을 쏜 모양이었다. 그런데 이건 또 무슨 일인가. 뒤이어 헬리콥터가 날아와 도청 위를 빙빙 돌면서 경고 방송을 했다.

"폭도들은 돌아가라! 해산하라!"

그러자 옆에 서 있던 어른이 더운 입김을 훅 불어 내며 말했다.

"저 군인들이 미쳤군. 시민들더러 폭도라니."

누군가 확성기를 잡고 외쳤다.

"시민 여러분. 여러분은 폭도들입니까? 정말 폭도들이 있다면 어서 돌아가십시오. 그리고 시민들만 남으십시오!"

또 누군가 소리쳤다.

"시민들은 앞으로 갑시다!"

갑자기 사람들이 움직였다. 앞줄에서부터 사람들이 움직이기 시작했다. 저마다 주먹을 불끈 쥐고 방어벽을 향해 묵묵히 나아갔다. 헬리콥터 두 대가 더 날아오는데도, 말없이 입을 꾹 다문 채 방어벽을 향해 가기만 했다. 나는 별안간 두려워져서 얼른 빠져나가야 한다고 생각했지만. 인파에 밀려 길을 찾을 수가 없었다. 한 어른이 나를 잡아 세웠다.

"애야, 넌 집으로 가. 여긴 어린애들이 있을 곳이 아녀. 위험한께 어서 빠져나가라."

그 말이 끝나자마자 총소리가 들려왔다. 사람들은 비명을 지르면서 뒤로 물러나기 시작했다. 자칫하면 사람들의 발길에 밟힐지도 몰랐다. 그때부터 나는 뛰기 시작했다. 그 무리에서 벗어나려고. 좀 더 멀리 달아나려고 혼신을 다해 뛰기만 했다. 총소리는 계속되었고. 사람들이 울부짖는 소리가 하늘을 찢었다.

"너희들은 시민도 이렇게 죽이느냐!"

저만치 등 뒤에서 그런 절규도 들려왔다. 헬리콥터에서 불빛이 쏟아져 내렸다. 사람들은 손으로 눈을 가리면서도 다시 도청 건물을 향해 나아갔다. 총소리도 멈추지 않았다. 헬리콥터에서 직접 쏘는지 도청 안에서 쏘아 대는지 종잡을 수 없었으나, 마치 우박처럼 온 세상을 뒤덮는 것 같았다. 나는 겁에 질려 뛰기만 했다. 계속 뛰기만 했다. 이상했다. 나는 달아나는데, 수많은 어른들은 그 무서운 도청을 향해 달려가고 있었다. 총을 쏘는데도, 어쩌면 죽을지 모르는데도 사람들은 그렇게 달려가기만 했다.

숨이 차서 도저히 뛸 수 없게 되자 나는 멈춰 서서 전봇대에 몸을 기대었다. 도청에서 한참 떨어진 곳이었는데도 총소리는 거기까지 들려왔다. 또 한 무리의 청년들이 도청을 향해 미친 듯이 달려갔다. 내 앞을 지나 여러 무리가 그렇게 달려갔다.

"모두가 미친 것이여……."

나는 눈물을 뚝뚝 흘리며 그렇게 중얼거렸다. 정말이지 모두가 미쳐 버린 것 같았다. 어쩌면 내가 미친 사람들의 세상에 온 것이거나. 그도 아니면 꿈속인지도 몰랐다. 하지만 꿈이든 무엇이든 나는 저 수상한 세상에 갇히고 싶지 않았다. 다시 집을 향해 뛰기 시작했다. 어서 집에 가서 나의 보금자리를 찾고 싶었다.

집에 도착해서 대문을 두드려 보았다. 고꾸라지듯 주저앉아 숨을 가라앉힐 여유도 없이 대문을 두드렸다. 철판 소리가 철렁거리더니 작은 쪽문이 열렸다. 나갈 때 그대로였다. 갑자기 맥이 빠졌다. 누나는 아직 돌아오지 않은 모양이었다. 나는 대문 앞에 주저앉아 훌쩍훌쩍 울기 시작했다.

그렇게 울다가 잠이 들었나 보았다. 얼마나 시간이 흘렀는지 알 수가 없었다. 누군가 나를 들쳐 업었다. 누나였다. 가만히 눈을 뜨고 보니 훤히 날이 밝아 있었다.

누나는 나를 방에 누이고, 물수건을 가져와 더러워진 내 얼굴을 닦아 주며 말했다.

"잠 깼다는 거 알고 있어. 근께 그만 눈을 떠라잉."

"응. 눈은 뜰 수가 있는디. 몸이 굳어 버렸어."

정말 나는 온몸이 아팠다. 누군가에게 흠씬 얻어맞은 기분이었다. 누나가 내 팔다리를 주물러 주며 물었다.

"근디 어디 갔다 온 것이냐?"

"누나부터 말해 봐. 어젯밤에 날 두고 어디 갔던 거여?"

"응. 난리가 났다 혀서……."

"도청 앞에 갔제?"

누나가 깜짝 놀라며 물었다.

"니가 그것을 어떻게 아냐?"

"나도 거기 갔은께. 총 쏘는 소리도 들었는디."

그러자 누나가 사색이 되어 더듬거렸다.

"죽을라고 환장한 것이여? 누나 죽는 꼴을 보려고 그런 짓거릴 한 것이여?"

누나는 엉겁결에 날 꼬집기까지 했다. 나는 누나를 확 밀어내며 소리를 질렀다.

"근께 날 두고 어디 가지 말란 말이여!"

누나가 나를 와락 껴안았다.

"그려, 그려. 시방은 난리가 났은께 집에 가만히 있어야 하는 거여. 세상이 잠잠해질 때까지……."

누나는 한참 동안 눈물바람을 내더니 벌떡 일어나 부엌으로 나갔다. 밥을 짓기 위해서였다.

그러나 밥을 지어 먹은 뒤 누나는 다시 나갔다. 나더러는 꼼짝없이 집에 있으라고 당부하고서는 또 그렇게 나갔다. 어젯밤에 다친 사람이 많아 그들을 돌봐 줄 손이 필요하다는 것이 이유였다. 공장 아가씨들도 다방 아가씨들도 지금은 모두가 그 일을 돕는다고 했다. 광주에 사는 사람들 거의가 팔을 걷고 나서서 남자들은 환자 수송을 하고, 아주머니들은 솥과 쌀을 들고 나와 사람들에게 밥을 지어 준다고 했다. 또, 의과대학 학생들은 환자에게 줄 피를 얻기 위해 헌혈차를 몰고 다닌다고 했다. 그러니까 내가 밖에 나가지 않아야 하는 까닭은 헌혈차에 붙잡히면 큰 주삿바늘로 피를 뽑자고 할지도 모르기 때문이라는 것이었다.

주삿바늘이라면 질색이기도 했지만, 어쨌거나 바깥이라면 이제 만정이 떨어지기도 해서 나는 집에서만 지냈다. 누나는 밤에 들어와 밥을 지어 놓고, 아침이면 또 그렇게 나갔다. 그렇게 사흘째 되는 날 아침이었다. 누나가 나가려고 옷을 입을 때 나는 마침내 투정을 부리고 말았다.

"오늘은 또 어딜 가는 거여?"

"환자들도 돌보고 밥도 짓고. 참말이지 손이 열 개라도 모자라."

"나보다 그 사람들이 더 중해? 나는 천날 만날 팽개쳐두고 그렇게 돌아다녀도 되는 것이여?"

누나가 내 무릎을 잡고 달랬다.

"기열아, 니는 아기가 아니잖여. 또, 집에 가만히만 있으면 아무 일도 없고. 하지만 그 사람들은 우리가 돌보지 않으면 죽고 말어. 생각해 봐. 나쁜 짓을 한 것도 아닌디.

우리 모두 사이좋게 살자고 데모를 하다 그렇게 다친 것인디. 어떻게 나 몰라라 한다냐? 지금은 길이 막혀 돕고 싶은 사람들도 못 오고 있지만. 곧 길이 뚫리면 서울에서 대학생들이 왕창 몰려올 것이여. 모두들 와서 돕겠다고 줄을 서고 있단께. 그 사람들만 오믄 이 누나도 더 이상 나가지 않을 텐께 그때까지만 참아 줘. 니는 착하고 똑똑헌께 누나 말 들을 거제?"

"몰러. 모른단께."

그런데도 누나는 슬며시 나가 버렸다. 나는 서러웠다. 진종일 외로움과 무섬증에 시달리며 또 그렇게 이틀을 보냈다.

광주를 떠나며

5월 26일이었다. 아침에 잠깐 내리던 비가 그치고 해가 얼굴을 내밀어 빈집을 내려다보았다. 그때까지도 식이네는 돌아오지 않았고, 나는 혼자서 빈집을 지켜야만 했다.

점심때가 되어 왔다. 배는 고프지 않았지만 나는 밥상 앞에 앉았다. 반찬이라고는 무짠지와 고추장이 전부였다. 시장과 가게는 모두 문을 닫았고, 시골에서 올라오는 채소조차 길이 막혀 어디에서도 반찬거리를 살 수 없다고 누나가 말했다.

"우리만 이런 게 아녀. 지금은 광주 사람들 전부가 다

그려."

어제 고추장을 듬뿍 퍼다 두면서 누나가 한 말이었다. 절로 한숨이 나왔다. 이렇게 고약하고 이상한 도시를 어이하여 천국이라고 여겼던가. 나는 밥 한 그릇에 고추장만 잔뜩 넣고 비비기 시작했다. 그러나 먹고 싶은 생각은 없었다. 심심해서 그냥 그렇게 비벼 보는 것이었다. 그때, 삐꺽하고 대문 열리는 소리가 들려왔다.

나는 손을 딱 멈추었다. 이 시간엔 누나가 올 리가 없었다. 낯선 사람이거나 도둑일 것이다. 나는 소리 없이 숟가락을 놓고 숨을 죽였다. 집 안에 아무도 없는 시늉이라도 해야 할 것 같아서였다.

"열아."

누나였다. 나는 긴장을 풀고 방문을 열어 주었다.

"얼른 책가방 싸."

누나는 방으로 들어서자마자 서둘러 댔다. 누나의 얼굴은 전에 없이 창백해 보였다. 내가 물어보았다.

"왜? 지금 학교에 가라는 거여?"

"학교가 아니고. 시골집으로 가야 하는 것이여."

시골로 간다니까 기뻤다. 이제 이 심심한 도시로부터

벗어나는 모양이었다. 나는 책가방을 싸면서 또 물어보
았다.

"아주 시골로 가는 것인가?"

"아녀. 잠깐 피난을 가는 것이여."

"피난? 그게 뭣인디?"

"지금 위에서 군인들이 내려오고 있디야. 탱크를 앞세
우고 말이여. 오늘 밤 광주에서 난리가 난다니께 어서 피
해야 하는 거여."

누나는 옷장을 뒤져서 세탁해 둔 내 옷가지를 꺼내 보
자기에 쌌다. 그러다가 밥상을 보았다. 그러나 그것조차
먹을 여유가 없었던지 누나는 밥상만 덮은 뒤 내 보따
리를 들고 나서며 어서 가자고 했다.

우리는 서둘러 찻길로 나왔다. 그러나 지나다니는 버
스가 없었다.

"시내 밖으로 나가면 뻐스를 탈 수 있을 것이여."

우리는 담양 방향으로 바쁘게 걸었다. 가는 도중에 여
러 차들을 보았다. 사람들을 가득 태운 버스와 트럭 들이
었다. 누나는 얼굴에 핏기가 없었다. 나도 다리가 아파서
누나에게 말해 보았다.

"누나, 저 차들 세워서 태워 달라고 혀봐."

누나는 가만가만 고개를 저었다.

"저 사람들은 군인들과 싸울 시민군들이여. 모두들 바빠서 우리를 태워 줄 틈이 없은께 조금만 더 걸어가자."

구급차가 웽웽 울어 대며 지나갔다.

"병원차는 왜 저렇게 바뻐? 벌써 난리가 터진 것인가?"

"아녀. 시방 피가 부족해서 저 차들도 바쁜 것이여."

누나는 나를 잠깐 세우고 말했다.

"그날 시내에서 죽거나 다친 사람이 많았다는 건 니도 알제? 그 부상자들이 지금 YMCA, YWCA, 적십자사, 전남의대 같은 데로 옮겨져 치료를 받고 있디야. 근디 피가 모자라 죽어 가는 환자들이 많아서 사방에서 헌혈할 사람들을 실어 가는 중이여."

"그럼 누나는 무슨 일을 한 거여?"

"난 아무것도 안 했어. 하지만 니만 집에 데려다 주면 누난 다시 와야 혀. 도와야 할 일이 너무도 많은께."

"서울에서 도울 사람들이 왕창 몰려올 거랬잖여? 아직 그 사람들은 안 온 거여?"

"그려, 아직도……."

"글믄 여자들은 괜찮은가?"

누나가 다시 와야 한다니까 걱정이 되어서 그렇게 물어보았다. 누나는 크게 고개를 끄덕였다.

"그려, 여자들은 괜찮여! 왜냐면 여자들은 앞서지 않고 뒤에서 그저 돕기만 헌께."

그 말을 할 때 누나 얼굴은 마치 간호사 같아 보였다.

"글믄 날 퍼뜩 데려다 주고 다시 와."

나는 안심을 하고 발길을 재촉했다. 한 시간 반쯤 걸어 나오자 외곽 도로가 보였다. 그러나 거기에도 지나다니는 차가 없었다. 누나는 그 길로 들어서며 말했다.

"가다 보면 차를 만날 것이여."

우리는 묵묵히 걸었다. 그렇게 30분쯤 걸어가자 앞에서 모판을 싣고 오던 경운기가 급히 강둑으로 방향을 트는 것이 보였다. 경운기가. 더욱이 모판을 실은 경운기가 급회전을 하는 것은 아주 위험한 일이었다. 뭔가 엄청난 장애물이 있다는 뜻이었다.

누나와 나는 얼른 뒤를 돌아보았다. 군용 트럭이었다. 한두 대가 아니었다. 수없이 많은 군용 트럭들이 줄지어

오고 있었다. 아마 경운기는 그 트럭들에게 길을 비켜 주느라 그처럼 황급히 운전대를 꺾어 돌린 모양이었다.

"어서 가자."

누나도 내 손을 잡아채고 경운기가 가고 있는 둑으로 내달렸다. 우리는 경운기 가까이 도착해서야 뒤를 돌아보았다. 우리가 지나온 도로 위로 군용 트럭들이 지나가는데, 그 위에는 수많은 군인들이 총을 들고 앉아 있었다.

"누나, 군인차들이 다 지나갔어. 이제 큰길로 나가."

군용 트럭들이 사라져 가자 내가 말했다.

"아녀, 또 올지 몰라. 우선 저 위에 있는 절로 가자."

누나가 급해진 목소리로 대답했다. 누나가 가리킨 절은 개울 건너편 산비탈에 있었다. 누나는 말없이 그쪽으로 앞서갔다. 산비탈을 돌아 오르자 연등이 걸린 마당과 대웅전이 보였다. 별로 크지 않은 절이었다.

"스님, 계신가요?"

누나가 스님을 찾으며 대웅전 쪽으로 다가갔다. 나는 머리 위에 걸린 연등을 바라보다가 문득 문빈정사가 생각났다. 이렇게 연등을 올리려고 그날 어른들은 바빴던 모양이었다.

'어, 근디 이 연등 줄은 왜 끊어져 있을까?'

대웅전과 앞쪽 탑에 걸린 연등 중 하나가 끊어져 바닥에 뒹굴고 있었다. 내가 바닥에 떨어진 연등을 집어 올리고 있는데, 누나가 불렀다.

"지금 스님이 안 계신 모양이여. 근께 여기서 기다리자."

누나는 대웅전 앞에 걸터앉으며 말했다. 나도 그 옆에 다가가서 앉았다. 배에서 쪼르륵 소리가 났다.

'누나가 오기 전에 비볐던 밥이라도 먹고 올걸.'

그러자 부처님 생신 때 오면 떡도 있다던 아주머니의 말이 생각났다. 초파일은 며칠이나 지났지만 스님들은 음식을 아끼니까 여기도 떡이 남아 있을지 몰랐다.

"누나. 부엌에 가 봐. 떡이 있을지도 모른께."

그런 말을 하고 있는데 대웅전 뒤에서 한 스님이 나왔다. 누나는 벌떡 일어나서 인사를 한 뒤 우리 처지를 알렸다.

"스님, 저희가 지금 시골집으로 가야 하는디요. 차도 없고……."

"차는 며칠 전부터 끊어졌제."

"근께 오늘 밤 안으로 집에 가기도 틀렸으니 제 동생을 여기 좀……."

"집이 어딘데 그러오?"

"지금 저희는 광주에서 나오는 길인디요. 시골집은 운기고요. 오늘 밤에 군인들이 광주를 친다고 혀서 제 동생을 피신시키려고 나왔는디."

"……."

"근께 안전할 때까지만이라도 제 동생을 여기서 보호해 주시면 저는 다시 광주로 들어가서 시민군들을 돕고 싶은디요."

스님이 고개를 저었다.

"여기도 한 차례 좋지 않은 일을 당했소. 대학생이 폭도로 오인되어 붙잡혀 가고……."

"그치만 제 동생은 아직 어린아인디……."

"지금 이 근방은 누구도 안전한 사람이 없소. 그러니 아가씨도 광주로 들어갈 게 아니라 동생과 함께 시골집으로 가는 것이 좋겠소."

"차도 없는디 그 먼 길을 애를 데리고 어떻게 간다요?"

"가다 보면 경운기라도 얻어 탈 수 있겠지라."

그 말은 더 사정해 봐야 소용없으니 이만 가 보라는 뜻이었다. 누나는 내 손을 잡고 돌아섰다. 나는 비로소 안심을 했다. 생판 모르는 스님과 이 절에 남겨지는 것보다는 그래도 누나와 함께 있는 것이 나았다.

우리가 절 앞으로 걸어나오는데 스님이 달려와 뭔가를 건네주었다.

"보아하니 배도 고픈 것 같은데 가는 길에 이거라도 드시오."

그건 떡이 아닌 누룽지였다.

우리는 큰길을 따라 걷고 또 걸었다. 다행히 군용 트럭은 더 이상 만나지 않았다. 그러나 넓은 길을 둘이서만 걷는다는 건 무척 지루한 일이었다. 다리가 아파 재잘거릴 마음도 없었다. 슬금슬금 징징거리고 싶어지는데. 누나가 별안간 사또 행차 흉내를 냈다.

"에헴. 우리 기열이 나가신다. 길을 비켜라!"

"아무도 없는디 누가 길을 비킨다고그려?"

내가 핀잔을 주었다.

"글믄 누나가 앞에 가서 서 있을 텐께. 니가 사또 행차

해라.”

누나가 열 발짝쯤 달려가서 멈춰 섰다. 내가 사또? 그
것도 재미있을 것 같았다. 나는 당장 양반처럼 다리를 쩍
벌리고 뚜벅뚜벅 걸어갔다.

“여봐라! 사또 어른 나가신다. 길을 비켜라!”

“예. 예. 나으리. 길을 비켰나이다. 어서 가시옵소서.”

내가 비켜 가자. 누나는 내 옆으로 붙어 서며 말했다.

“이번에는 사또 말고 대왕마마 해라!”

누나는 내 책가방까지 들고서도 얼른 달려 나가더니
우뚝 멈춰 섰다. 나는 큰 소리로 물어보았다.

“대왕마마는 어떻게 걷는디?”

누나도 대왕마마의 걸음걸이는 잘 모르는지 잠깐 고개
를 갸웃거렸다.

“세상에서 가장 늠름하고 당당하게 걸어야제. 의젓하
게 똑바로……. 에구. 모르겠다. 니 맘대로 걸어 봐라.”

갑자기 기발한 생각이 떠올랐다. 그것은 시골 마을 주
태백이 아저씨 흉내였다. 나는 비틀비틀 갈지자로 걸었
다. 술박사로 소문난 그 아저씨도 장날에는 그런 걸음으
로 마을로 돌아왔다.

"엑, 여기가 어디다야? 엑, 이것이 누구라냐? 엑, 기열이 누이가 아니라냐."

내가 비틀거리면서 말씨까지 그 아저씨 흉내를 내자, 누나는 재미있어 죽겠는지 배를 움켜잡고 웃어 댔다. 나는 누나를 웃긴 것이 즐거워서 한참이나 더 그렇게 걸었다. 누나가 옆으로 다가들며 말했다.

"참말로 흉내 잘 낸다야. 하지만 그건 너랑 별로 안 어울려. 근께 대왕마마 걸음을 한 번만 더 걸어 봐라잉."

"그려, 까짓것!"

내가 흔쾌히 대답하자 누나는 다시 앞으로 뛰어갔다. 나는 누나가 했던 말을 되새겨 보았다.

'세상에서 가장 늠름하고 당당하게 걸어야제. 의젓하게 똑바로…….'

그중에서 당당하고 늠름하게 걷는 것이 좀 쉬울 것 같았다. 나는 당장 내 맹꽁이배를 툭 까듯이 내밀고 걷기 시작했다.

"여봐라, 대왕마마 나가신다! 아랫것들은 엎드려 절을 하거라!"

"대왕마마, 여긴 어인 행차시나이까…….."

누나는 엎드려서 절을 하지 않고 그저 허리만 굽히며 그렇게 말했다.

"어째서 절을 그렇게 하는 것이다냐?"

내가 지나가면서 물었다.

"예. 마마. 저는 대왕마마의 누나라서 이렇게 절을 하나이다."

누나가 다시 앞으로 달려가려고 했다. 나는 그때 알아챘다. 누나가 나를 걷게 하려고 자꾸 그런 놀이를 되풀이한다는 것을. 나는 얼른 누나의 손을 잡아채면서 말했다.

"이 대왕마마께서 지금 다리가 편찮으신께 쉬었다 가자."

나는 길가에 풀썩 주저앉았다. 누나도 옆에 다가와 앉더니, 내 이마의 머리카락을 쓸어 올려 준 뒤 스님이 준 누룽지를 입에 물려 주었다.

"대왕마마. 진수성찬 드시옵소서."

누나는 누룽지 봉지를 내게 안겨 주며 다 먹으라고 일렀다. 나는 누룽지를 씹으면서 대왕마마에게는 누나라도 정말로 존댓말을 쓰는 건지. 아니면 누나가 지어낸 이야기인지 물어보려고 누나를 돌아보았다. 그런데 누나는 고개를 떨구고 있었다. 누나의 옆얼굴에는 작은 소름도 송송 돋아 있었다. 배가 고파서 그런 것 같았다. 나도 끼니를 거르면 기운이 쭉 빠지고 온몸이 으슬으슬하지 않던가. 나는 남은 누룽지 한 토막을 누나의 입에 슬며시 물려 주었다. 누나가 살며시 고개를 드는데, 나를 쳐다보는 그 눈에 반짝하고 눈물이 비쳤다.

그때, 경운기 한 대가 다가왔다. 그러나 가래며 써레 따위의 연장을 잔뜩 실은 경운기였다. 우리는 태워 달라는 말도 못하고 경운기가 지나가는 것만 바라보았다.

해 지는 들녘

우리는 다시 걷기 시작했다. 벌써 해가 서쪽으로 한껏
기울었는데, 들판 여기저기서 모심는 사람들이 보였다.
군용 트럭이 여기까지는 오지 않아서 안심하고 그렇게들
모를 심는 모양이었다. 우리는 들밥이라도 얻어먹을 수
있을까 싶어 잠깐씩 기웃거려 보았지만, 이미 새참 때가
지난 터라 그런 횡재는 얻어 걸리지 못했다. 나는 못내
아쉬워서 모심는 사람들을 힐끔거리며 누나에게 물었다.

"우리 얼마나 왔어?"

"응, 반은 왔어."

"글믄 얼마나 더 가야 되는 거여?"

"반만 더 가면 되제."

그렇게 한참 걷는데. 어떤 아저씨가 빈 경운기를 몰고 큰길로 나오는 것이 보였다. 우리는 뛰어가면서 어디까지 가느냐고 소리쳐 물어보았다. 경운기 엔진 소리 때문에 잘 들리지 않았을 텐데도 용케 알아들은 모양이었다. 아저씨는 경운기를 세우며 비료를 사려고 면에 가는 길이라고 큰 소리로 대답했다.

"저희도 좀 태워 줄 수 있다요?"

아저씨가 고개를 끄덕였다. 우리는 경운기 뒤에 나란히 걸터앉았다. 누나는 내 머리를 쓰다듬어 주며 말했다.

"니가 지금까지 잘 걸어왔다고 하느님께서 상을 주신 것이여. 면까지는 공으로 가라고 말이제."

나는 히죽 웃었다. 어떤 것이든 상을 준다는 말은 싫지가 않았다.

경운기는 퉁퉁거리면서 잘도 달렸다. 나는 다리를 걸치고 앉아 뒤로 물러나는 길바닥을 바라보았다. 고생스럽게 걸어왔던 지겨운 길이 눈앞에서 물러나고 있었다.

걷지 않아도 길이 알아서 물러나 주니까 이제야말로 내가 진짜 대왕이 된 기분이었다. 다리의 아픔도 감쪽같이 사라졌다. 저녁 바람까지 선들선들 지나가면서 이마의 땀과 먼지를 씻어 주었다.

해가 들판 저쪽 산으로 넘어가면서 노을이 예쁜 옷감처럼 온 세상을 덮었다. 뒤로 물러나는 길에도 노을이 깔려 들었다. 분홍색 노을이 자갈투성이의 거친 길에도 곱디곱게 내려앉았다. 여태 한 번도 보지 못한 신기한 세계가 그 길 위에 펼쳐진 것 같았다.

"누나. 저 길이 시방 요술을 부리는 것인가?"

대답이 없었다. 돌아보니 누나는 졸고 있었다. 나는 깨울까 하다가 가만히 얼굴을 들여다보았다. 노을이 누나의 얼굴에도 앉아 있었다. 그러나 분홍색이 아니었다. 붉디붉었다. 너무도 붉었다.

별안간 내 몸이 튕겨져 올랐다. 버스가 덜컹거렸기 때문이었다. 나는 정신을 차리고 앞을 살펴보았다. 자리가 거의 비어 있었다. 승객이 별로 없어서 버스가 더 심하게 흔들리는 모양이었다. 나는 자세를 가다듬고 다시 누나 생각을 끌어 왔다. 졸고 있던 누나의 얼굴은 마치 홍시 같았다. 그때부터 누나의 몸에서 열이 나기 시작했던 것이었을까? 그래서 그렇게 검붉어 보였던 것일까? 그런데도 나는 노을의 조화로만 생각했다.

경운기가 면에 도착해서. 아쉽지만 우리는 여기서 내려야 했다.

"정말 고맙습니다. 아저씨."

누나가 인사를 했다.

"아녀. 어두운 길인디 더 데려다 주지 못해서 내가 더 미안하제."

"이만만 와도 큰 은혜지라우."

"그려. 부지런히 가면 통금 전에는 운기에 도착할 것이네."

경운기 아저씨는 그 말을 남기고 멀어져 갔다. 우리는 다시 걷기 시작했다.

보름달은 아니지만 다행히 달이 떠 있었다. 개구리들도 사방에서 괄괄 울어 댔다. 아까부터 누나의 걸음걸이가 시원치 않아 물어보았다.

"누나. 다리가 아픈 거여?"

"응. 조금. 하지만 괜찮어."

대답하는 목소리에도 힘이 없었다. 졸려서 그런가 싶었다. 경운기에서 누나가 조는 것을 본 뒤, 나는 아예 누워서 단잠에 빠져 버렸다. 하지만 면 초입에 도착했을 때 나를 깨워 준 사람은 누나였다. 그러니까 내가 자기 시작하자, 누나는 나를 지키기 위해 다시 깨어났던 것이다. 경운기에서 떨어지면 큰일이니까 그렇게 지킨 거라면 지금 누나가 졸린 것은 당연한 일이었다.

"이야기나 해 줘."

이야기를 하면 정신이 날까 싶어 내가 청했다.

"무슨 이야기?"

"아무거나."

"아무거나……?"

"내가 태어나지 않았으면 누나는 정말 선생님이 되었을까?"

누나는 그 말에 정색을 하며 대답했다.

"아녀."

"왜?"

"가난한 시골 사람들은 딸아이한텐 절대로 공부를 시키지 않은께."

"글믄 어째서 전에는 소를 몰고 나갔단가?"

그러자 누나는 달을 쳐다보며 말했다.

"기열아. 사람들은 말이다. 달을 쳐다보면서 이런 말을
한다."

"무슨 말?"

"저 달이 저렇게 밝은 줄 예전엔 미처 몰랐어요."

"저 달. 별로 밝지 않은디."

"그런 말이 있다는 것이지."

"그래서?"

"그때는 나도 철이 없어서 내 처지를 잘 몰랐던 것이
지."

"그래도 내가 태어나지 않았다면……."

"근디 사람 맘이 참 이상하더라고. 니가 태어나고부터
내 맘이 두 가닥으로 갈라지는 것이여."

"어떻게?"

"니가 조그만 손으로 고물거리는 건 귀여워 죽겠는디.
엄마 아부지가 니만 이뻐하면 그만 심술이 동하더라고."

"……."

"그래서 숱하게 니를 꼬집기도 혔지. 엄마가 니를 좀

업으라고 하면 밖에 나가서는 그 보드라운 궁둥이를 마
구……."

"글믄 나는 아프다고 울었겄네?"

"울기만 한 게 아녀. 조금만 꼬집어도 산이 무너지듯
이 우는 것이여. 참말로 악머구리(잘 우는 개구리라는 뜻
으로, 참개구리를 이르는 말) 같더란께."

"그래서?"

"글믄 또 달랬지. 뭐."

"어떻게?"

"달 따다 주께. 별 따다 주께……."

"난 통 기억이 없는디?"

"당연하제. 니는 달과 별이 과자인 줄 알았은께."

"내가?"

"아부지가 장에서 별 과자를 사 왔을 때 니가 그랬어.
와, 울 아부지 장에서 별 따 왔다……."

"거짓말."

"참말이란께."

누나의 목소리에 조금씩 힘이 오르고 있었다. 졸음이
달아나는 모양이었다. 이제 이야기는 그만두어도 되겠다

고 생각하는데 누나는 계속했다.

"근디 말이여. 집을 나온 뒤부터는 니가 보고 잡아 환
장하겄더라. 니가 얼마나 보고 잡던지 하루에 몇 차례고
달려가고 싶더란께."

"……."

"그래서 대신 성당에 달려갔제. 기도하면 그 마음이
가라앉을 것 같아서."

"그려. 기도한께 뭐라 하셨는디?"

"뭐라 하셨는지는 모르겄는디. 하여간 깨우침이 있긴
했제."

"깨우침?"

"니 같은 동생이 있는 건 복 받은 거라고 말여. 고맙고
도 고마운 축복이며 은혜라고 말이여."

문득 이런 생각이 들었다. 누나처럼 다방에 나가는 사
람도 용서해 주는 걸까. 하는.

"요새도 성당에 나갔단가?"

"성당에는 못 나갔지만 신부님은 만났제. 적십자사에
서. 신부님도 헌혈을 하시고 또 우리와 함께……."

신부님과 함께 일을 했다는 말인가 보았다.

그렇다면 하느님이나 신부님도 용서한다는 뜻이었을 까? 그런데 나는 왜 그토록 누나가 미웠던 것일까? 그때 는 누나를 보면 자꾸만 불결하다는 생각이 들었는데. 왜 하느님이나 부처님은 내게 깨우침을 주시지 않았던가.

　어쩌면 나는 본시 작은 악마로 태어났는지도 몰랐다. 나는 착한 생각보다 나쁜 생각이 날 때가 더 많았다. 시 골에 있을 때 나는 친구가 미워서 그 집 개 꼬리에 날마 다 고무줄을 칭칭 감기도 했다. 어른들만 눈에 띄지 않으 면. 막 걸음마를 배우는 아기의 다리를 끈으로 묶어 두기 도 했다. 마음속에서 가끔 그런 생각들이 일어나는 것은 애초 내가 착한 아이로 태어나지 못했기 때문인지도 몰 랐다.

　발걸음을 멈추었다. 옆에 누나가 따라오지 않았다. 내 생각에만 빠져 혼자 걸어온 모양이었다. 뒤를 돌아보았 지만 누나가 보이지 않았다. 발소리도 들리지 않았다. 들 려오는 것이라고는 개구리의 울음소리뿐이었다. 어쩌면 오줌을 누느라 뒤쳐졌는지도 몰랐다. 나는 길섶에 앉아 서 기다렸지만 한참이 지나도 누나는 오지 않았다.

나는 툴툴거리며 되돌아가 보았다. 누나는 길 가운데에 몸을 웅크리고 앉아 있었다. 오줌을 누는 것이 아니었다. 내가 물어보았다.

"여기서 잘란가?"

그러나 누나는 대답하지 않았다. 나는 더럭 겁이 났다. 낮부터 얼굴이 창백하던 것과 노을에 비쳐 빨개 보이던 것까지 떠올랐다. 나는 얼른 다가들어 누나의 이마를 만져 보았다. 이마가 뜨거웠고 땀까지 흥건했다.

"어째 그려? 어디 아픈 것인가?"

누나를 빙빙 돌며 그렇게 물어 댔지만 누나는 한참 만에 일어났다.

"응. 한기가 나서…… 이제 괜찮어. 어서 가자."

그러나 누나는 잘 걷지 못했다. 양손에 내 짐을 들고 비틀거리기에 누나의 손에서 그 짐들을 받으려고 했다.

"아녀, 내가 들고 갈 수 있어."

하지만 열 발짝도 가지 않아 누나는 내 책가방을 떨어뜨리고 말았다. 나는 책가방을 집어 들었다. 그러나 조금 뒤에는 옷 보따리마저 놓치는 것이었다. 나는 그것도 집어 들었다. 나는 질금질금 울기 시작했다. 나로서는 감당

할 수 없는 현실이라 눈물이 쏟아진 것이었다. 무거운 짐까지 들고 아픈 누나와 함께 걸어야 한다는 것이 얼마나 고생스럽던지. 그만 퍼질러 앉아서 엉엉 소리 높여 울고 싶었다.

누나가 또 풀썩 주저앉았다. 나는 눈물을 훔쳐 내며 말했다.

"누나. 다시 이야기를 해 봐. 글믄 정신이 날 텐께."

"그려. 그려. 일어나야지. 우리 기열이 데려다 줄 때까지……."

누나는 다시 일어나 걷기 시작했다. 목소리도 걸음걸이도 술 취한 사람 같았다. 이렇게는 밤새껏 걸어도 집에 도착하지 못할 것 같았다. 게다가 이젠 팔도 아팠다. 나는 그만 미칠 것 같았다. 어째서 나는 이처럼 세상에서 가장 비참한 사람이 되었단 말인가.

나는 문득 누나가 다녔다는 성당과 오늘 낮에 들른 절을 떠올렸다.

'하느님. 부처님. 우리를 좀 도와 주세요. 차라도 한 대 보내 주시든가. 우리가 타고 갈 큰 새나 연이라도 좀 띄워 주세요…….'

고개를 들어 하늘을 바라보았지만 아무것도 나타나지 않았다. 하늘은 그저 소금물 항아리 같았다. 달만 달걀처럼 그 위에 떠 있었다. 달은 꼭 달걀만 했고, 그 달걀 달이 둥둥 떠서 우리를 안내하고 있었다.

담배막에서

|

　할머니가 손자를 데리고 내리자 버스엔 나 혼자만 남
았다. 더 이상 타는 사람이 없는 건 한창 모심는 철이라
그럴 것이다. 농번기에는 작대기한테도 일손을 빌리고
싶다는 것이 시골 사정이다.

　둔너미고개가 저만치 다가오고 있었다. 저 고개만 넘
으면 논 대신 밭들이 펼쳐질 것이다.

　아직도 비포장인 길이 굽이굽이 돌아가는 것은 5년 전
과 똑같았다. 그러나 내 처지는 그때와 너무도 다르다.
지금은 편안하게 버스를 타고 있지만. 그땐 줄곧 걸어야
했다. 그것도 밤길이었다.

들판의 낮과 밤 풍경이 얼마나 다른지 나는 그때 처음으로 알았다. 낮에는 사람들이나 농기구 따위가 들을 지배하지만. 밤에는 자연이 주인이었다. 낮 동안 숨을 죽이던 개구리들도 밤이 되면 맘껏 합창을 했고. 바람도 한껏 기세를 올려 날씨가 쌀쌀해졌다.

어느새 버스가 고개를 넘었다. 내리막길이 끝나자마자 저만치 서 있는 담배막이 보였다. 높다란 흙벽에 슬레이트 지붕을 올린 담배막이었다. 원두막처럼 마을과 떨어져 있는 담배막이 차창으로 점점 다가들었다.

나는 슬며시 고개를 돌렸다. 방학이 되어 집에 갈 때도 나는 언제나 저 담배막을 외면했었다.

그날 밤. 둔너미고개를 넘어가자 밭들이 펼쳐졌다. 비탈길을 내려가는 동안 나는 손에 땀을 쥐었다. 누나의 걸음걸이가 금방이라도 넘어질 것 같았기 때문이었다.

다행히 누나는 쓰러지지 않고 고갯마루를 내려왔다. 그러나 다시 비틀거리기에. 나는 누나를 부축하려고 내 짐을 길가에 버렸다. 그리고 누나의 팔을 부여잡았다. 하지만 누나는 멈춰 서더니, 짐을 도로 들고 오라고 했다.

나는 이제 말대꾸할 기분도 아니었다. 묵묵히 버린 짐을 되들고 오자 누나가 다짐을 주었다.

"기열아. 니한테 가장 소중한 것은 책가방이여. 누나를 버리는 한이 있어도 그 책가방을 버리면 안 되여. 알았지?"

그리고 누나는 휘청거리며 앞서 걷기 시작했다. 자기는 잘 걸을 수 있다는 것을 보여 주려고 애를 쓰는 것 같았다. 나는 다시 하늘을 올려다보며 마음속으로 빌고 또 빌었다. 내가 아는 신이란 신은 모두 불러 댔다.

그때. 담배막이 보였다. 달이 담배막 지붕 위에 떠 있었다. 그런데 누나가 그쪽으로 가는 것이었다.

"왜 그래?"

나는 놀라서 소리쳤다. 누나는 대답도 않고 밭둑으로 걸어갔다. 허우적거리며 한 발 한 발 힘겹게 걸어갔다. 그러고는 문간에 도착하기도 전에 쓰러지고 말았다.

"기열아. 누난 이 안에서 쉬고 있을 텐께. 니는 얼른 집으로 가. 이 길을 따라 곧장 가면 운기면이 나올 것이여. 면에 닿으면 먼저 파출소를 찾아가서 집까지 좀 데려다 달라고 혀."

"싫어. 같이 가."

"기열아. 미안하지만 누난 더 이상 못 걷겠어."

나는 담배막 안으로 뛰어 들어가 가마니를 찾았다. 거기에 태워서라도 데려가야 했다. 그러나 어두워서 아무것도 보이지 않았다. 아직은 담뱃잎을 딸 때가 아니라 비어 있을 텐데도 어둠이 벽처럼 나를 가로막았다.

몇 차례 눈을 꿈뻑거리자 천장에 걸린 간짓대와 구석에 있는 가마니가 보이기 시작했다. 나는 가마니를 끌고 밖으로 나왔다.

"기열아. 누나 지금 엄청 추워."

누나가 덜덜 떨며 말했다. 머리를 만져 보니 불덩이처럼 뜨거웠다.

"가마니 위에 누워. 내가 끌고 갈 텐께."

"기열아. 니는 날 못 끌고 간께 그냥 담배막 안에 있게 해 줘."

"끌고 갈 수 있단께!"

나는 가마니 위로 누나를 밀어 올리며 대답했다.

"누나는 쉬고 싶어. 근께 날 두고 어서 가라잉."

"이 밤길에 혼자 어떻게 가라는 것이여."

나는 그렇게 구시렁거리며 누나를 밀어 올렸다. 혼자서 갈 수가 없다면 이렇게라도 가야 했다. 끌고 가려면 끈이 필요했다. 나는 보따리에서 내 바지를 꺼내 그 가랑이를 가마니에 묶은 뒤 끌어 보았다. 그러나 몇 발짝 가지 않아 묶은 매듭이 풀리고 말았다.

"열아……."

누나는 이제 신음 소리를 내고 있었다. 입에서도 뜨거운 입김이 쏟아져 나왔다. 나는 엉엉 울고만 싶었다.

"누나. 어째서 이러는 것이여. 여기까지 와서 왜 이렇게 날 속상하게 하냐고."

누나가 내 손을 더듬어 잡으며 가쁜 소리로 말했다.

"열아. 니가 요로코롬 있으믄 누난 죽을지도 몰라. 근께 어서 가서 엄마 아부지 데리고 와야 되어야……."

그 말에 정신이 번쩍 들었다. 엄마 아버지라면 다 해결할 수 있을 것이었다. 그러니 무서워도 혼자서 가야 했다. 어서 가서 사람들을 데리고 와야 했다.

나는 달리기 시작했다. 누나를 담배막 속에 들여보내는 것도 잊고, 바깥에 그렇게 버려둔 채 달리기만 했다. 숨이 차면 걷고, 가라앉으면 또 달렸다. 누나가 시킨 대로 나는 먼저 면의 지서로 갔다. 야근을 하던 순경이 나를 보고 깜짝 놀랐다.

"너. 통금 시간에 무슨 일이냐?"

나는 순경에게 울면서 말했다. 광주에서부터 걸어오는 길이다. 그런데 함께 오던 누나가 아프다. 계속 걸을 수 없어서 지금 담배막 앞에 두고 왔다. 어서 가서 우리 누나를 구해 달라……

"어느 동네냐? 아부지 이름은?"

내가 동네와 아버지 이름을 대자. 순경은 바로 이장 집으로 비상 전화를 걸어 주었다.

"곧 아부지가 오실 테니까 넌 여기서 기다리고 있어라."

아버지는 너무도 늦게 왔다. 경운기를 끌고 나오느라 그랬다. 통금 시간이라 차를 구할 수가 없기 때문이었다. 나는 아버지가 몰고 나온 경운기를 타고 함께 담배막으로 갔다.

"순아! 기순아!"

아버지는 큰길에 경운기를 세우고 담배막을 향해 뛰어

갔다. 아버지가 누나의 손을 잡자. 누나는 모기만 한 소리로 중얼거렸다.

"아부지. 죄송허구먼요. 기운이 없어서……."

아버지는 얼른 누나를 들쳐 업고 가서 경운기에 눕힌 뒤, 점퍼를 벗어 누나에게 덮어 주었다. 내가 누나 옆으로 올라앉자. 아버지는 운전대로 돌아가 경운기를 몰기 시작했다. 급히 달리느라 경운기가 심하게 흔들렸다. 나는 누나의 몸을 꼭 끌어안았고. 누나는 내 손을 잡았다. 경운기 소리만 하늘과 땅과 들의 정적을 가르고 질주해 갔다.

마침내 면 보건소 앞에 도착했다. 아버지는 경운기를 세우고 미친 듯이 보건소 문을 두드렸다. 눈을 비비고 나온 의사는 경운기 위에 누워 있는 누나를 살펴보더니 어서 집으로 데려가는 것이 좋겠다고 말했다.

새벽 첫닭이 울 무렵, 누나는 숨을 거두고 말았다. 집에 도착하고 나서 얼마 뒤였다. 경운기에서 옮겨 와 이불에 누이자. 누나는 별안간 아버지 손을 잡아챘다. 그리고 하얀 박꽃처럼 오므려진 그 입술을 들썩이며 말했다.

"아부지. 기열이는 꼭 공부시켜 줘요."

아버지는 연신 고개를 끄덕이며 약속을 했고. 엄마는 뒤를 돌아보며 계속 눈물을 훔쳤다. 어디선가 닭 우는 소리가 들리는데. 누나는 스르륵 눈을 감았다. 그것이 끝이었다. 나는 누나가 죽었다는 것도 모른 채 그 옆에 쓰러져 잠이 들었다.

마을 뒷산에는

버스에서 내려 곧장 옆 산 비탈길로 들어섰다. 마을 사람들 눈을 파하기 위해서였다. 비탈길을 지나면서 나는 먼저 개울 건너편에 있는 논들을 바라보았다. 그 다랑 논에는 이미 모가 거의 심어져 있었다. 고개를 돌려 앞을 보니 그곳 논에서 몇몇 사람들이 엎드려 모를 심는 중이었다.

어쩌면 우리 부모님도 지금 모심는 사람들 속에 있을 것이다. 온 들에 모가 다 심어질 때까지 마을 사람들은 그렇게 서로 품앗이를 한다.

나는 걸음을 빨리했다. 공동묘지는 마을과 좀 떨어진 뒷산에 있다. 그 뒤에는 크고 깊은 산이 있어, 봄철이면 나물 캐러 가는 사람들이 공동묘지 앞을 지나간다. 누나도 그 길을 지나다녔을 것이다. 그런데 불과 몇 년 뒤에 자신이 묻혀 버리다니. 스무 살도 채 되지 않은 나이에 그렇게 가 버리다니.

누나를 거기에 묻을 때 마을에서는 말이 많았다. 결혼 전인 처녀는 무덤을 만들지 않으니 화장을 시키라는 것이었다. 그러나 아버지는 성난 짐승처럼 울부짖었다.

"화장은 안 돼! 무덤이라도, 무덤이라도 있어야 혀!"

아버지는 지관 어른한테 달려가서 어서 자리를 내 달라고 떼를 썼다. 마을 어른들도 더 이상 거절할 수 없었던지 마지못해 자리를 내 주었다. 하지만 좋은 자리가 아니었다. 가파른 데다 후미진 곳이었는데. 아버지는 그 자리마저 빼앗길까 봐 곧바로 삽을 들고 올라가 미리 무덤을 파 두었다. 혼자서 그 일을 했다.

봇도랑 저편에 붉은 자운영 꽃들이 보였다. 나는 거기

서부터 꽃을 꺾기 시작했다. 자주색 각시붓꽃. 노란 솜방망이 꽃. 구슬봉이……. 나는 보이는 대로 꺾어 들었다. 누나가 싫어하는 패랭이꽃은 미리 알아차린 듯 피어 있지도 않았다.

누군가 나를 보고 있는 듯해서 고개를 들었다. 저만치 둑에서 황소 한 마리가 눈을 껌뻑이며 나를 바라보고 있었다. 누구네 소인지는 알 수 없지만 곧 사람이 올라올지 몰랐다.

나는 서둘러 공동묘지로 발걸음을 옮겼다. 비탈을 오르자 저만치에 누나의 무덤이 보였다. 남들처럼 비석이나 상석은 없지만. 잔디는 깨끗이 손질되어 있었다. 아버지가 늘 돌보고 있다는 증거였다.

나는 그 앞에 꽃을 놓으며 말했다.

"누나. 잘 있었단가?"

보통 무덤에 가면 절을 하는 게 예의지만. 내겐 그런 일이 익숙하지 않고 어색해서 그만 앉아 버렸다. 내가 잔디를 쓰다듬자. 오늘은 무슨 바람이 불었느냐고 누나가 묻는 것 같았다.

'못다 한 이야기를 하러 왔제…….'

대답은 그렇게 했으나 어떤 말부터 해야 할지 떠오르는 것이 없었다.

　종다리가 지저귀며 하늘로 날아올랐다. 나는 하늘을 올려다보았다. 맑고 청명한 하늘이 거기에 있었다.

　누나를 묻던 날도 오늘처럼 날씨가 좋았다. 마을 사람들이 봉분을 만드는 동안, 엄마 아버지는 이 앞에 주저앉아 통곡을 했다.

　"애고, 애고, 시퍼렇게 젊은 니가, 아직도 어린 니가 어쩌다가 이렇게 되었다냐. 어쩌다가……."

　그래, 정말 어쩌다가……. 나는 누나에게 물었다.

　"왜 그렇게 갑자기……."

　문득 관을 들여왔을 때의 일이 떠올랐다. 엄마는 누나에게 광목 수의를 입혀 주다 말고 오래오래 팔뚝을 살펴보았다. 그리고 불쑥 나에게 물었다.

　"누나 언제부터 아팠냐?"

　"누나 아픈 적 없는디."

　"근디 웬 주사를 요로코롬 많이도 맞았다냐?"

　누나 팔뚝에 주삿바늘 자국이 많았던 모양이었다. 하지만 누나가 주사를 맞다니, 그건 나도 금시초문이었다.

엄마가 아버지한테 말했다.

"야가. 혹시 진즉에 몹쓸 병이 들었던 것이 아니라요?"

"그건 또 뭔 소리단가?"

"그런 몹쓸 병이 아니라면. 이제 열여덟 살짜리가 어째면 길 좀 걸어온다고 죽기까지 한단 말이오?"

"시끄럽당께. 남 들을까 무섭소."

그게 무슨 병인지 모르지만. 아버지는 엄마를 나무라며 얼른 마당 밖을 휘휘 둘러보았다. 그리고 서둘러 입관시키고 관 뚜껑을 닫아 버렸다.

그런데 그 몹쓸 병이라는 것이 무엇이었을까? 엄마의 말처럼 좀 걸었다고 해서 그렇게 간단히 죽지는 않았을 텐데. 어린 나도 잘 견디었는데. 게다가 감기 한 번 앓지 않던 누나였는데……

나는 피난 오기 며칠 전 일부터 찬찬히 돌이켜 보았다. 도청 사건 이후 누나는 날마다 나가서 밤늦게 돌아왔지만 아픈 흔적은 없었다. 하긴 피난 오던 날. 어서 가자고 재촉할 때부터 누나의 얼굴이 창백했다. 그러나 스님을 만났을 때는 그렇지 않았다. 그래. 자기는 다시 광주로 들어가 시민군들을 도와야 한다고 스님에게 말했다. 정말 죽을병이 든 사람이라면 그런 생각을 할 수 있었을까? 문득 의과대학 학생들이 큰 주삿바늘로 피를 뽑는다고 말했던 게 생각났다. 그때 누나는 분명히 검지로 팔이 접히는 쪽을 가리켰다. 누나의 주삿바늘 자국도 거기에 있었다!

나는 벌떡 몸을 일으켰다. 그렇다. 누나가 진정 바라는 것은 내가 누나의 무덤을 찾아 주는 게 아니다. 누나가 정말로 원하는 건 자신의 죽음에 대해 진실을 밝혀 주는 것이다. 최소한 내 부모님들만이라도 오해를 풀어야 한다.

"누나. 좀만 더 기다려!"

나는 그 말을 남기고 곧바로 비탈길로 뛰어 내려왔다. 집에서 누나의 사진을 찾아서 가려면 서둘러야 했다.

회장 할머니의 증언

월요일 종례 시간이었다. 선생님이 출석을 부르고 지시 사항을 전달한 뒤 불쑥 물었다.

"오늘이 며칠이냐?"

"5월 6일, 월요일입니다!"

"무슨 달이냐?"

"슬픔의 달이요!"

부반장의 말을 떠올리면서 아이들은 입을 모아 대답했다. 선생님이 고쳐 말했다.

"아니다. 지금은 오월이다. 지난 토요일에 망월동에 간 것도 오월이었기 때문이다. 그 묘역이 생겨난 것도

5년 전, 오월이었다."

"선생님, 그 이야기는 토요일에 하기로······."

한 아이가 불안한 목소리로 구시렁거렸다. 겨우 이틀
이 지났는데 별안간 그 토론을 하자는 것으로 알아들은
것이다. 선생님이 말했다.

"그래, 토론은 토요일에 한다."

아이들은 휴, 하고 안도의 숨을 쉬었다. 더욱이 오늘은
오후 수업까지 꽉 찬 힘든 월요일이었다. 어서 종례를 끝
내고 집에 가는 일 말고는 어떤 것도 달갑지 않았다. 그
런데 선생님이 다시 말꼬리를 늘어뜨렸다.

"자, 그럼 우리는 어느 도시 사람이냐?"

"광주요!"

"그렇다. 우리는 광주 사람들이다. 부반장, 오월은 어
떤 달인지 다시 한 번 명확하게 말해 봐라."

"민주 열사의 달입니다."

"잘 대답했다. 다음은 반장이 대답해라. 이 오월 한
달 동안 우리 광주 사람들은 어떤 마음으로 지내야 하느
냐?"

"민주 열사들을 추모하는 마음으로 지내야 합니다."

"이제 여러분도 정확히 알았을 것이다. 그렇다. 오월은 민주 열사들을 추모하는 달이다. 경건한 마음으로 추모해야 한다. 그럴 땐 누구도 싸우거나 치고받을 생각이 없을 것이다. 그럼 오늘은 이것으로 종례를 끝낸다!"

아이들이 우르르 일어났다. 선생님도 출석부를 집어 들었다. 나는 선생님께 다가가서 준비해 둔 종이쪽지를 내밀었다. 거기에는 꼭 드릴 말씀이 있다고 적혀 있었다. 왠지 입으로 말할 용기가 없어서 그렇게 미리 써 둔 것이었다. 선생님이 그 쪽지를 훑어보더니 따라오라고 했다.

교무실 앞에서 선생님이 물어보았다.

"중요한 이야기냐?"

"예······."

"다른 선생님들이 계셔도 괜찮으냐?"

"아니오······."

"그러면 양호실로 가자."

마침 양호실은 비어 있었다. 선생님이 의자를 내밀고 당신도 내 앞에 앉았다.

"자. 이제 무슨 얘긴지 말해 보아라."

그런데 입이 얼른 떨어져 주지 않았다. 무슨 말부터

꺼내야 할지 별안간 아득해지기도 했다. 나는 한동안 손
바닥을 쥐어짜다가 조그맣게 말했다.

"사실은 저. 저도 5년 전 그날 도청에 갔었는디……."

"뭐라고? 네가 도청에?"

선생님은 깜짝 놀랐다.

"예……."

"그땐 어렸을 텐데 어떻게 거길 갔단 말이냐?"

"누나를 찾으려고……."

"누나를? 그럼 누나는 도청 앞에서 뭘 했느냐?"

"모르겠어라우……."

"그래. 차근차근 이야기해 보아라."

"저희는 5월 26일에 피난을 갔어라. 누나가 광주에 있
으면 위험하다고 시골로 저를 데려가다가……."

선생님은 침을 꿀꺽 삼키며 물었다.

"도중에 군인들을 만났느냐?"

"예. 트럭을 타고 가는 군인들을 봤어라우. 그래서 저
희는 절간으로 피했지라. 거기서 누나가 스님에게 저를
맡기려고 했지만. 스님이 여기도 위험하니까 그냥 가라
고 혀서……."

"가라고 해서?"

"걸어가다가 누나가 쓰러졌어라우."

"아무 일도 없었는데 쓰러졌다고?"

"예. 그리고 집에 가서 죽었지라우."

선생님은 길게 한숨을 쉬었다.

"선생님, 제가 알고 싶은 건 누나가 어떤 이유로 죽었느냐 하는 거여요."

선생님은 그저 고개만 숙이고 있었다. 내가 덧붙였다.

"총을 맞은 것도, 다친 것도 아닌데 그저 좀 걸었다고 해서……."

선생님이 고개를 들고 되물었다.

"도청 앞에 누나를 찾으러 갔다. 누나가 어떤 일을 했는지는 모른다. 하지만 너를 피난시키려고 했고, 그러다가 죽었다. 너는 누나가 왜 갑자기 죽었는지 알고 싶다. 대충 그런 얘기냐?"

"예……."

"그럼 누나 사진을 가지고 있느냐?"

나는 가방을 열고 사진을 꺼내 주었다. 그것은 처음 광주로 오던 날, 식이 아버지가 기념으로 찍어 준 우리 집 가족사진이었다. 선생님을 한참 동안 그 사진을 살펴보더니 몸을 일으켰다.

"지금 나랑 어디를 좀 가 보자. 이 사진을 보이면 알 만한 사람이 있다."

선생님은 교무실을 다녀왔다. 그리고 나와 함께 학교 앞에서 버스를 탔다. 학생들이 일어나 자리를 양보했으나, 선생님은 괜찮다고 말하고는 계속 차창 밖만 내다보았다.

거리의 추억들이 선생님한테 어떤 이야기를 거는 것 같았다. 반장의 말이 사실이라면, 선생님도 그때 이 거리에 있었을 것이다.

선생님이 나를 데려간 곳은 YWCA였다. 당시 부상자들은 YMCA, YWCA, 적십자사, 전남의대 등으로 분산되었는데, 여성 자원자들은 주로 YWCA에서 활동했기에 이리로 온 것이라 했다. 누나도 그 비슷한 말을 했던 것이 기억났다.

선생님은 곧장 회장실로 향했다. 회장실은 건물 2층에 있었다. 복도의 벽에는 5·18 행사에 쓸 걸개그림이 걸려 있었다. 총을 든 어른들이 트럭 위에 서 있고, 그 아래에서 여자들이 밥이며 김밥을 올려 주는 그림이었다. 한동안 그림을 보고 있는데 선생님이 회장실 앞에서 나를 불렀다.

회장실 문을 열고 들어서자, 책상에 앉아 있던 한 할머니가 벌떡 일어나며 선생님을 반겼다. 서로 잘 아는 사이인가 보았다.

"거기, 소파에 좀 앉아요."

할머니가 말했다. 책상 위에는 '조아라'라는 한글 명패가 놓여 있었다. 바로 그 할머니가 회장인 모양이었다.

"그래, 어쩐 일이야?"

할머니가 소파에 마주 앉으며 물었다. 선생님이 사진부터 내밀었다.

"회장님, 혹시 이 처녀를 본 적이 있으신지요?"

할머니가 사진을 바라보며 활짝 웃었다.

"음, 본 적이 있지. 그런데 이 아인 지금 어디에 있나? 그간 통 보이지를 않아 궁금했는데."

"회장님께서는 이 처녀가 당시 어떤 일을 했는지도 알고 계신지요?"

"이 아인 친구들을 데려와서 헌혈을 했지. 그리고 자

기에게 다른 일거리도 달라고 해서 내가 부녀들과 합류시켰어. 몇 번 심부름도 시킨 적도 있고⋯⋯. 그런데 왜 갑자기?"

"이 처녀가 죽었다고 합니다."

선생님은 내가 들려준 이야기를 할머니에게 되풀이해서 설명해 주었다. 한참 동안 묵묵히 듣고 있던 회장 할머니가 선생님께 말했다.

"과다한 헌혈이 사망 원인인 것 같군. 그땐 워낙 다급해서 닥치는 대로 채혈을 했으니까."

내가 두 사람의 말에 끼어들었다.

"누나의 팔뚝에도 주삿바늘 자국이 많았어요. 엄마 아부지는 그걸 보고 몹쓸 병이 든 거라고 혔는디⋯⋯."

"몹쓸 병이라니⋯⋯. 아니란다. 나는 네 누나가 너무 자주 헌혈하는 것 같아 계란을 먹인 적도 있었어."

할머니는 땅이 꺼지도록 한숨을 내쉬었다. 선생님이 물었다.

"그럼 이제 이 처녀의 죽음은 어떻게 처리해야 하는지요?"

"죽은 뒤에 시신은 어떻게 했니?"

할머니가 나에게 물어보았다.

"고향에……. 어제 누나 무덤에 다녀왔는디요."

"고향에 잘 묻혀 있다면 그 시신을 굳이 망월동으로 옮길 필요는 없어요. 그런 것이 중요한 게 아니니까. 대신 시절이 좋아지면 명예 회복은 시켜 줘야 할 테니. 여기에 이름과 나이와 사진을 남기고 가요. 내가 5·18 동지회에 신고를 해 놓으리다."

선생님이 내게 종이를 내밀었다. 나는 거기에 이름과 나이 등을 써서 할머니께 내밀었다. 그리고 물어보았다.

"할머니. 저희 부모님은 아무것도 모르고 계시는디. 제가 어떻게 그 이야기를 들려 드려야 할까요?"

그러자 선생님이 내 손을 잡았다.

"돌아오는 일요일에 나와 함께 너희 집에 가자꾸나."

"그래. 그게 좋겠군. 나도 당시의 사진들을 찾아보겠네. 기자들이 찍었던 것들인데. 발견하면 학교로 연락할게."

"감사합니다. 회장님."

선생님이 몸을 일으키며 할머니에게 인사를 했다. 나도 꾸벅 절을 하고 그 방을 나왔다. 할머니는 복도까지 따라 나와 내 손을 꼭 잡아 주었다.

"걱정 말아라. 네 누나가 얼마나 훌륭한 일을 했는지. 이제 모두가 알게 될 게다."

나는 고개를 떨구고 계단으로 내려왔다.

그날 밤. 나는 꿈을 꾸었다. 잠들자마자 꿈길이 펼쳐졌다. 나는 그 길을 걷기 시작했다. 길은 아득하게 뻗어 있었고, 양옆 길가엔 꽃들이 만발했다.

'선생님. 이 꽃들이 선생님 블라우스에서 날아왔나 봐요.'

나는 그렇게 중얼거렸다. 갑자기 그리움이 솟구쳐 올랐다. 어서 빨리 만나서 이 그리움을 전하고 싶었다. 오늘은 맘껏 껴안고 고백을 할 수 있을 것 같았다.

'선생님. 사랑해요. 사랑해요…….'

나는 달리기 시작했다. 꽃향기가 사방에서 날아와 나를 태우고 두둥실 띄워 가는 것 같았다. 감미로웠다.

그때. 내 앞에서 누군가가 나를 향해 달려오고 있었다. 음악 선생님이었다. 날개 같은 치마를 펄럭이는 것이 내 사랑. 음악 선생님이 틀림없었다.

나는 더 힘껏 달려갔다. 어서 가서 그 품에 얼싸안기고 싶었다. 한순간. 내 몸이 공중으로 붕 떠올랐다. 선생님이 먼저 나를 안아 올리신 것이었다. 황홀했다. 너무 황홀해서 나는 선생님의 뺨을 비벼 댔다. 따뜻하고 부드러운 뺨이었다. 그러나 머리를 보니 선생님이 아니라 누나였다. 선생님 옷을 입고 달려온 우리 누나였다.

　누나는 나를 안고는 빙글빙글 돌기 시작했다. 한없이 그렇게 돌기만 했다. 나는 어지럽다고 소리치다가 불쑥 물어 보았다.

　"누나야. 참말로 선생님이 된 거여?"

　누나는 대답 대신. 까르르 밝게 웃었다.

누나의 오월

초판 제1쇄 발행일 2005년 5월 2일 | 개정1판 제1쇄 발행일 2011년 2월 7일
개정2판 1쇄 발행일 2020년 4월 1일 | 개정2판 4쇄 발행일 2023년 8월 1일

글쓴이 · 윤정모

펴낸이 · 곽혜영 | 주간 · 오석균 | 편집 · 최혜기 | 디자인 · 소미화 | 마케팅 · 권상국 | 관리 · 김경숙
펴낸곳 · 도서출판 산하 | 등록번호 · 제2020-000017호
주소 · 03385 서울특별시 은평구 연서로 26길 27. 대한민국
전화 · (02)730-2680(대표) | 팩스 · (02)730-2687
홈페이지 · www.sanha.co.kr | 전자우편 · sanha0501@naver.com

글ⓒ윤정모, 2005

ISBN 978-89-7650-527-9 43810

* 이 도서의 국립중앙도서관 출판시도서목록(CIP)은 e-CIP홈페이지(http://www.nl.go.kr/ecip)와
  국가자료공동목록시스템(http://www.nl.go.kr/kolisnet)에서 이용하실 수 있습니다.
  (CIP제어번호: CIP2020010352)